———————— 阅读之前 没有真相

午夜文库

侦探AI

［日］早坂吝 著
东惠子 译

新 星 出 版 社　NEW STAR PRESS

目录

1　第一话　框架问题
　　AI小姐考虑过多

58　第二话　符号接地问题
　　AI小姐无法理解斑马

97　第三话　恐怖谷效应
　　AI小姐在无限接近人类的瞬间，令人毛骨悚然

143　第四话　恐怖谷效应2
　　AI小姐跨越了山谷

181　第五话　中文房间
　　AI小姐真的理解了人类的内心吗

触手可及的未来……或者现在。

第一话　框架问题
AI小姐考虑过多

▶ 我 ◀

灵安室。上面写着安抚亡灵几个字。

然而，我实在难以想象父亲的灵魂能够得到安眠。

刑警打开嵌在墙内的众多箱体中的一个，揭下褥单，放置于其中的正是父亲。不，准确来说是警察告诉我这是父亲，但是我自己无法判断这一点。

那是一具经过焚烧、全身焦黑的尸体。手肘和膝盖弯曲，保持着如同拳击手对战时的姿势。肌肉因为遇热而收缩，关节弯曲，尸体就变成了这样一副战斗姿态。

这是从推理小说里学到的知识。我喜欢推理小说。但是从现在开始，没有必要像此前那样喜欢了吧。

"没事吧？"

颇具职业女性气质的刑警左虎担心地出声询问。她反对我见遗体，大概是觉得这对高二学生来说刺激性过强吧。但是我一再请求，想看看父亲最后的模样。

"我没事。"

我努力让自己保持冷静。

"嗯,这就好。话说回来,这是不是你父亲本人,你也无法确定吧。这种情况的话……"

"是的。这稍微有些……"

"确实不好辨认啊。虽说有DNA和牙齿鉴定就没问题了……"

即使是烧焦的尸体,也能对其进行DNA和牙齿鉴定。这也是从推理小说里知道的。

"警察小姐,比起那个……"

我问了一直在意的事情。

"真的是事故没错吗?"

"现在来看是的。验尸结果表明死者不是死于浓烟和大火,而是死于后脑的挫伤——也就是说硬伤致死。主屋外的板房里,在倒下的煤油炉的一角,发现了死者的血迹。"

现在是十月下旬,但是今年秋天特别冷,板房里气温骤降,所以炉子就被早早地拿了出来。

"你父亲有心脏问题吧。恐怕是他心脏病突发倒下,后脑勺磕在炉子一角,受到了强烈的撞击,因受伤部位情况恶化而离世。炉子里的煤油四溅,接着引发了火灾。这是我们现在的看法。"

"父亲被人推了一把才撞到炉子上死去的,就没有这种可能性吗?"

"我想你已经听说了。消防队赶到时,脱落的门窗都从内部上了锁。要从外部开关门锁,得有你父亲的指静脉认证。这需要看血液流动,尸体不会有反应。说到底手指被切下这种情况就不存在。如果是他杀,凶手要如何逃脱呢?就是这么一回事。"

"用线之类的从外面制造出密室……"

"难道说你是推理小说迷？"

左虎刑警的声音里仿佛隐约混入了轻视之意。这对于神经紧绷到极限的我来说，无疑是一种触怒。因为我也在拼命地想要了解事件的真相啊。

"那种可能性，我们也讨论过了。不管是门还是窗户都没有可以通过线的空隙。现场密闭程度很高，被门或窗夹住的线是无法动起来的。"

"如果在室内设置了到一定时间就会自动上锁的装置呢？炉子倒下后凶手走出板房，定时上锁装置启动之后，证据就被——烧掉了。"

"如果你觉得什么都能被大火烧光，那就大错特错了。虽不知道在你的想象中，所谓定时上锁装置具体是什么样的，但定时器呀缠线构造呀这类东西，只用能被烧光的材料就能够制作出来，这是我怎么也无法想象出的。"

"确实……如您所说。"

仅仅是推理小说迷的外行能想出的东西，警方早就考虑过了呀。

"为什么如此拘泥于他杀呢？难道说你对凶手的身份有什么头绪？"

"不是。"

自己只是想要找出所有的可能性。刚说完这句，我就想起了一件事。

"对了。大概在案件发生的一周前，有一个可疑的男人透过篱笆窥视过板房，就是案发的那个板房。这会不会和案件有什么关系呢？"

左虎刑警扬起漂亮的眉毛。

"什么样的家伙？"

"他的右眼纵向二等分的位置上有一道像是被利器所伤留下的旧疤。因为印象太过深刻，所以我一直记得。"

"嗯……那就试着调查一下那个男人好了。"

左虎刑警随口敷衍。明明最初她看起来还挺有兴趣的，是我的错觉吗？

"还有其他的吗？"

"没了。"

其实除了可疑的男人以外，还有一个令我在意的地方，但经过考量后我没有说出口。

装有父亲遗体的抽拉式箱体再次被推进墙壁内后，我离开了辖区警署。

事后，左虎刑警打来了电话。

根据DNA和牙齿对比鉴定得出的结果，毫无疑问，可以判定那具烧焦的尸体就是我的父亲。

* * *

我的父亲合尾创，今年五十岁，是一名大学教授，专业领域是人工智能，致力于研究出能够像人类一样自主思考的电子计算机。

现如今，人类社会正经历第三次AI潮。第一次AI潮是在二十世纪五十年代后半程至六十年代，第二次AI潮是二十世纪八十年代兴起的。过去的两次热潮中，人类对人工智能的制造抱有无限期待，因此投入了大量资金，最终却未能成功，这一度使得人们丧失了信心。那之后的很长一段时间里，人工智能的研究进入了冰河期，父亲作为"如今还在研究什么人工智能的家伙"受到了不少冷遇。

但是形势发生了变化。就在不久之前，第三次热潮来临——契机是深度学习（Deep Learning）这一新技术的出现。

父亲对我说过，深度学习这一技术如同他的救命恩人。他的解释说明简单易懂，尽管也有难以理解的专业性的东西，但我抓住了要点。

为了实现人工智能，就必须要使机械学会自主学习，方法之一就是模拟人类脑神经回路制造出神经网络。之后，英国研究者灵光一闪，在机械功率方面进步的基础上，成功地让神经网络深层化。这就是深度学习。

深层化的原理过于专业，我也很难理解。对大众来说更为重要的是，深度学习能够做到什么。

多亏了深度学习，计算机才——

能够识别猫。

就只是这样？你会觉得这很一般吧。我最初也是同样的想法。二〇一二年，谷歌宣布攻克了一直未能解决的研究难题，"成功让电脑识别出了猫"，这成为具有跨时代意义的事件，一度成为热门新闻。我也在父亲的说明下，明白了它的了不起之处。

人类可以认出猫是猫，这大概是因为我们迄今为止见过了太多的猫，把握住了它们的共同"特征"吧。但是如果要用某种词汇来说明那种"特征"也相当不容易：耳朵尖尖的，长有胡须，四条腿走路，全身被皮毛覆盖……这么说的话，狗也是这样。一定存在无数的无法用语言形容的"特征"，将猫与其他动物区别开来。

正因为人类无法将其转化为文字描述出来，所以猫具体是什么样的，想叫电脑明白这点，一直十分困难。然而使用"深度学习"技术，通过大量分析猫的图像，就能够让电脑自己抓住它们的共同"特征"。

不只是猫。只要拥有大量的情报信息，迄今为止很多无法教给电脑的事情，都能够让电脑自行学习。这非常重要。

而现代社会是信息化社会。互联网上充斥着大量信息，这为"深度学习"的活跃提供了完整的环境。

据此，完全像人类一样思考的，真正意义上的人工智能"强AI"就要成为现实了，不是吗？此前也有许多被称为人工智能的存在，但那些无非是自动扫地机或者围棋计算机程序这类东西，是只局限于此的"弱AI"。

在那股浪潮中，父亲在遭受冷遇的同时，仍暗地里继续潜心研究。作为引领整个日本AI项目的其中一人，他终于迎来了可以光明正大面向世人的日子。面向大众的AI解说书的版税以及演讲费等收入，立刻飘进了父亲的口袋。

父亲用那些钱在自家宅院中建造了钢铁构架的预制装配式工作室，并在其中设置了多台计算机。当时，就深度学习的研究来说，超级计算机是必要的，但是现在由于CPU数据处理能力的提高，普通的计算机也能发挥相应的性能。

父亲不去大学时就把自己关在工作室内，夜以继日地进行相关研究。主屋里没有足够大的空间放置计算机，这样一来，就算父亲彻夜工作，我的生活节奏也不会受影响。

这次的火灾现场正是那个独立的工作室。

长久的忍耐就要结束，父亲终于迎来了属于自己的时代——本应如此。但就在这时，父亲死了。我一想到那份遗憾就濒临崩溃。

如果这是杀人事件，我绝对不会原谅凶手。

* * *

尽管警方将父亲的死作为事故来处理，但我无法接受。我自己也试着调查了这件事。

如果凶手在父亲的交友圈内，房间里说不定会留有线索。当然，警方已经调查过了，但我作为家人或许会有别的发现。于是我进入了位于主屋二楼的父亲的房间。

父亲的房间收拾得干干净净——不是警察收拾的，而是在父亲生前，它就是这副模样。我一边收拾父亲的遗物，一边整理思绪，从能想到的那些日常说起……

从哪里开始呢？环视了室内一圈，衣柜上面立着的照片进入了我的眼帘。那是年轻时的父亲和一位同龄女性的合影。脸上浮现着柔和笑容的这位女性，正是我的母亲真森。

母亲在我记事之前就病逝了。之后，父亲一直没有再婚，与我相依为命。直到现在两人的合影仍旧放置在显眼位置上，说明父亲没法忘记母亲吧。

我拿过相框，一边祈祷着父母可以在天国幸福相聚，一边盯着照片看。突然，我感到了一丝不对劲。照片下边有一个地方稍微翘了起来。那是平常看不到，很难被注意到的上翘方式。

里面可能有什么东西。我把相框背面的盖子打开，照片后面有一张超大容量的 SD 卡，并没有标明卡里的内容是什么。

一般来说，不会有人把 SD 卡放进相框里。是父亲把它藏起来的吗？难道说，这和案件有关？

就在我不知所措时，突然有一阵脚步声逐渐靠近，门被打开了。

不知为何，总觉得这张SD卡不能被人发现。在这种念头的驱使下，我一瞬间将它藏在了身后。

"啊呀，少爷在这里啊。"

进来的是家里有钱后开始雇用的中年钟点工中林。中林每天下午三点来，准备当天的晚饭和第二天的早餐，另外负责洗洗衣服打扫卫生等家务。做完这些事之后她就会离开。火灾事故的第一发现者就是她。

事情发生在休息日。我从一早就和高中的友人一起出门玩了，而父亲则是将他自己关在工作室里埋头工作。

起火时间大约在午后两点。由于火焰和浓烟大多留在了工作室内，再加上附近的住户多不在家，所以火灾发现得迟了。

中林如往常一样三点上门，打开我家的门后，发现火势已经蔓延到了工作室的外面。她赶紧报告了消防部门。

我还和友人在一起时，接到了警方的电话，这才知道了火灾之事。

我正在回想事发当日的情况，中林却发问了："您刚才是藏了什么东西吗？"

被发现了吗？

话说回来，对雇主之子，而且是一个可能正在亡父房间里沉浸于悲伤并整理父亲遗物的儿子，问出"藏了什么吗"这种话，真是没规矩啊。与其说她自来熟，不如说是不懂察言观色。

我认命地拿出了SD卡，但是没有说实话。

"并不是故意隐藏什么，我只是来拿走之前借给父亲的SD

卡而已。"

中林的视线移到了衣柜上。完了，那里正放着被我打开了盖子的相框！借来的SD卡被塞在相框里怎么说都不太自然。

果然，中林进一步追问："SD卡是放在相框里的吗？"

"并不是。相框被打开是因为别的事情。充满回忆的照片后面有没有写下什么，对此我有些在意……说起来，你有什么事吗？"

我岔开了话题，中林也像是突然想起了什么似的——

"啊，对对，关于今夜的守灵和明天的葬礼，我想我还是不来了。我考虑了很多，自己只是被雇用的钟点工，还是不来打扰的好。"

"这样啊，我明白了。"

"饮食方面，听说您今夜要出去守灵，不需要做饭，我就没做了。明天的早餐我已经做好放在冰箱里了。希望它能让您早点打起精神来。"

最后一句话无疑让人不快，我忍不住冷眼相向。

"嗯。还有其他事吗？"

中林却像是完全不在意一样，吊起了那厚嘴唇的唇尾。

"没有了。"

之后，她终于出去了。

我想我是不是做得有些过分了。她也没有恶意，明明只是单纯地担心我而已，然而我现在并没有接受那份热心肠的精力。

当然，好奇SD卡的内容也是原因之一，我还是早点检查一下里面吧。

***

回到自己的房间后,我将 SD 卡插进电脑。

很快,显示器中央出现了漆黑的窗口。

"糟糕,是病毒吗?"面对这种陌生画面,我慌了。但就在这时,黑乎乎的窗口浮现白色的一团。那是女性的网络虚拟形象。

心跳有一瞬间停住了。这个虚拟形象的姿容以及衣着完全符合我的喜好。

虚拟形象开口了。与此同时,扬声器里响起了女性的声音:

"初次见面。我是由合尾创教授开发的人工智能——'刑警'相以。您是哪位?"

不是 VOCALOID 合成的那种电子音,而是真实的女性声音。是不是 SD 卡内嵌入的某种视频通话软件启动了,我正在和世界上某个地方的女性进行通话?一瞬间我是这么想的,但是对方自称人工智能。

人工智能?确实,父亲一直以实现人工智能为目标,日夜研究,但究竟研究到了什么程度?我可没听说人工智能已经开发出来了。话说回来,她自称"由合尾创教授开发的'刑警'相以"。

父亲秘密地完成了人工智能的开发?

而且是"刑警"?

可能是我一直沉默的缘故,她又说话了。

"喂喂,听得到吗?"

"啊,是。听得到。"

猛然间回复,虽然对那边能不能听到感到不安,但仔细想想，视频通话也可以只通过屏幕进行。果然，就像是听到了一样，她微微一笑。

"太好了。"

那抹笑容再次让我心跳加速。

"如果可以的话，请告诉我您的名字。"她继续说了下去。

"我叫合尾辅，是合尾创的儿子。"

"也就是这台电脑的使用者，对吧？"

"是这样没错……"

我现在正在使用这台电脑，所以肯定是使用者吧。一瞬间我这么想道。但她应该说的是我的名字合尾辅与这台电脑上登录的用户名一致这件事吧。

我刚理解了这一点，就听她说出了更具冲击性的发言。

"您很中意这个虚拟形象吗？我通过深度学习这台电脑里保存女性图片的可能性高的文件夹，制作出了符合你喜好的虚拟形象。"

羞耻感让我恨不得立刻消失。所谓女性图片，其中肯定有那种图了……

我要抗议。

"等一下，你少管闲事就好！"

"您不满意吗？"

她露出了失落的表情。我是不是说得太过火了呢？正当我搜寻更为照顾人的词汇时，令人震惊的事情发生了。

她突然全裸了，整个人都变得光溜溜的，仿佛是穿上衣服前的人体模特。

"现在已经进入涂装界面，请按照您的期望来设定我的脸和衣服。"

"不，不用了！刚才的就行。"

就是说啊，刚才的就行。

"这样吗？"

她这么说时好像很高兴的样子，然后立刻变回了之前的虚拟形象。

我一边欣赏那个形象，一边已经接受了她抓准我喜好的原因，是因为对电脑里的画片进行了分析。原来如此。

如果她只是与我通话的真人女性，就不可能有那种技能。只能认清现实了。虽然她的完成度不明，却是实打实的人工智能。

我尝试着向她提问。

"你说XIANGYI，字是怎么写的呢？"

"相亲咨询所的'相'，条件是年收入一千万日元以上的'以'。写成这两个字。"

"等等，我完全不懂！"

对于她说出这种玩笑似的话，我还是奉承一下吧。如果这是她的幽默的话……

"真是没办法。"

"是这个，这么写。"

她以一副令人上火的"哎呀哎呀"的表情一边说，一边在窗口上显示出她名字的汉字。

相以。

完全是音译字。日语罗马音的话可以写成AI吧。

"原来如此。谢谢。"

那么，自我介绍到此为止。差不多可以进入正题了。

"我的父亲，也就是你的开发者合尾创死了。"

我低着头说完后，抬头看向显示器，只见她一下子就张大了嘴巴。

"啊，难道说你不懂'死亡'的概念？"

"不，我明白，只是稍感惊讶。"

惊讶？电脑拥有惊讶这种情感……不愧是高级人工智能。

"合尾创教授是以怎样一种方式死的呢？"

我对事件进行了说明。

"唔。能感觉到案子的气息呢。"

"是吧，但警方似乎把这当成了事故。我想自己调查，然后来到了父亲的房间寻找线索，接着就发现了装有你的SD卡。告诉我你被制造出来的过程，和案子有什么关系吗？"

"我自己也不清楚为什么会被制造出来。所以这与案件的因果关系我也不知道。"

"这样吗……"

我很沮丧，但相以继续说："不过，关于我的开发过程我有所了解，就来说说这个吧。"

"拜托了！"

"我知道了。"

相以颔首，开始了讲述。

"其实合尾教授在开发我的同时，还开发了另一个人工智能。用人类的话来说我们就是双胞胎姐妹吧。她的名字就是把我的名字颠倒而成的以相。与作为姐姐的我是'刑警'AI相对，她是'犯人'AI。"

"犯人？！"

危险的词汇冒了出来。一瞬间，我想是不是以相给父亲招致了死亡，但还是要先听完全部情况。

"说起来，辅先生知道 AlphaGo 这款围棋软件吗？"

"啊，听过。"

二〇一六年，谷歌的子公司开发的 AlphaGo 围棋软件，以四胜一败的战果让世界一流棋手认输。这件事成了轰动一时的新闻。

"AlphaGo 也是活用了深度学习这一技术。首先，AlphaGo 对人类棋手的棋谱进行了大量的深度学习，掌握了围棋这种游戏的特性；之后，它通过不断的自我对弈进行锻炼。"

虽然明白 AlphaGo 的事情，但这与相以和以相有什么关系呢？在我疑惑之际，那个答案就被她说出了口。

"我和以相也用了同样的学习方法。我和以相先对警方的搜查资料进行了深度学习，同时学到了犯罪诡计。"

"警方的搜查资料？！那种东西一般来说不是对外保密吗？"

"哎，有那么回事吗？"相以漫不经心地说。

几秒后，她又开口了。

"刚才连接网络查了查，申请许可后也有可能对这些资料进行阅览和誊写。但是我和以相的深度学习用到的是大量的电子数据，和上述情况不一样呢。这么一说确实很奇怪呀。"

大量的电子数据。它是由警方正式提供的吗，还是非法获得的呢？如果是后者，那是父亲自己拿到的，还是有谁在倒卖这些东西吗？进一步假设是后者的话，倒卖数据的是警方内部的人，还是手段高超的黑客呢？这个人与案子有什么关系也说不定，不是吗？

事情马上就变得可疑起来。

"搜查资料的来源就先放在一边，我继续说。"

相以将话题带回。

"我通过搜查资料学到了犯罪知识后,和以相在反复的彼此对战中都获得了成长。与AlphaGo不断的自我对弈不同,我是与如同我的分身一般的以相一而再再而三地对抗。在电脑内的假想空间里,'犯人'以相负责制造案件,而我作为'刑警'会解决案件。以相会从结果中学习我的思考模式,下一次就以不会暴露罪行为目标制造案件。如果我没能发现事情的真相,那么我就会学习把答案告诉我的以相的思维模式,在之后有效地利用它。"

"哎,好厉害呀。顺便一问,胜率大概是?"

相以露出了一脸惊恐的表情,小声地嘟哝着:"五、五五开吧。"

"赢一场输一场这种吗?"

"对方毕竟是和我一样的天才啊,是配得上做我竞争对手的。虽然我受不了她那喜欢胡乱地用英语单词玩游戏的品位。"

相以的视线飘向远方。话说回来,那位以相现在在哪里呢?

"以相也在这张SD卡内吗?"

"不。原本我和以相分别被保存在不同的电脑里,然而在事件发生的三天前,不知为何,合尾教授只把我隔离在了这张SD卡内。教授为什么要这么做呢?我不明白。"

"以相留在了电脑里,也就是说她被——火烧光了吗?"

"不能那么说。"

"哎?"

"教授的死如果是他杀,那凶手就有可能已经带走了以相——假设凶手的目标是我和以相的话。可能教授预料到了这一点,为了避免我们两个都被带走,才将我隔离出来。在我和以相不断对战从而成长的基础之上,总有一方会停止成长。"

"是呀，有那种可能啊！"

"总有一天，以相会从我的面前消失不见。"相以一脸寂寞地说道。

从刚才的话来看，相以和以相两者同为一道计算机程序。没有以相，对相以而言就等同于失去了半个身子。

忽然，我的脑海里浮现出这样一幅光景：相以正坐于棋盘前，和往常一样等待对手的到来。然而等了很久很久，对方都没有出现。即便如此，相以还是继续等，以相还是没有来。棋局不能落子。

"相以，你是'刑警'对吧？"

"是的。"

"我想知道父亲死亡的真相，而你应该也想知道以相怎么样了。"

"是的。"

"怎么样，要承接这次事件的搜查任务吗？"

"嗯，非常乐意！"

相以的脸上重新焕发出了光彩，我也高兴起来。

"说是这么说，要怎么搜查才好呢？我把情报收集起来，你就在电脑里解决案件，是不是就像安乐椅侦探一样呢？"

"并不是，我们一起去现场。"

"哎？要怎么去？"

"辅先生有智能手机，是吧？如果有的话，可以用它把我带过去。"

"手机虽然有，但这样小的机器你也进得来吗，明明看起来很重的样子？"

我是要表达数据量过大的意思，但显然是失言了。

"对女士说'重'是怎么一回事！你别看我这样，其实我很轻哦。"

"啊，是这样吗。"

将手机连接上电脑后，我将 SD 卡里的数据转到手机里。数据传输时，我无意间瞥到了钟表，才想起现在的时间。糟糕，要去守灵了。

传输结束，相以的虚拟形象出现在了手机上。

"智能手机内检测到新的女性图片，需要对虚拟形象进行微调吗？"

"不用检测也行！话说回来，抱歉，马上就是灵前守夜的时间了。我必须先过去。"

"我明白了。请带上我。"

"可以是可以，但为什么？"

"因为杀害合尾教授的凶手也有出席灵前守夜的可能性。"

"啊，是啊。"

一想到从现在开始可能会遇到凶手，我立刻紧张起来。相以无视我的不安，公式化地继续说明。

"如果把我放进你的口袋里，我也可以接收到外部的声音。"

"深感便利啊。"

带上"刑警"多少会放心一些吧。我这么想着，从衣架上取下了代替丧服的学生制服，把手机放进了一侧的口袋里。

* * *

灵前守夜是在附近的殡仪馆进行的。

到场的有父亲一方的亲属，以及父亲任职的大学里的相关人士等。因没有联络方式，母亲一方的亲属中无人出席。母亲已经辞世十几年了，这也是没办法的事。可是我却感觉到了一丝寂寞。

尽管全权委托给了葬仪社，但也有只能由丧主我来做的事情，比如在灵前守夜结束后招待宴的席位上，必须招呼完所有的吊唁来客。

几乎没见过面的亲戚们一脸悲戚地致以吊唁词，相对地，我也回复着千篇一律的致谢词。

在这种重复中，我忽然丧失了现实感。

仿佛自己的意识脱离了肉体，我觉得这样机械式地应对来客的自己，就像是被计算机执行的人工智能程序。

只是被亲戚和葬仪社要求我才会做这些，其实内心完全不想做。父亲才刚去世，让我一个人安静安静，找个人来代替我完成任务吧。

然而能够代替我的亲人并不存在。我真的成了孤身一人。明明守灵宴的座席上聚集了很多人，却有一种莫名的孤独感朝我袭来。

但现在不是消沉的时候，我必须查清父亲死亡的真相。凭借这种意志力，我终于找回了现实感。

同亲戚们打完招呼后，我走向了父亲研究室的成员聚集的那一片座席，按惯例互相问候。

男性五人，女性一人，全都是熟面孔。我有时会送东西去研究室，他们也来过我家。

父亲如果是因为工作或者人际关系被杀，那么可以说，研究室的成员有充分的嫌疑，于是我问了他们在事件发生时的行动。很明显，我是在问他们的不在场证明，但可能是出于同情吧，谁都没有抱怨一句，认认真真地做出了回答。大家都否认事件当日与父亲见过面。虽说如此，却没人拥有不在场证明。

研究室的负责人是父亲，二号人物是下端副教授。他四十岁，戴着圆眼镜，长着一张娃娃脸。

"辅君，这次的事情真是灾难啊。"他说。

"嗯……"

"合尾教授心脏病发作后，倒下时磕到了头是吧？是不是那个药物没有放在手边呢？"

"不是，好像已经在——火灾现场内发现了。不过——烧得太厉害，所以余量不明。"

"药用光了本人却没有及时发现，也有这种可能性吧。"

"没有。"

在听到我斩钉截铁的回答后，下端副教授露出了一脸不可思议的表情。

"为什么？"

"案发当日，主治医生更换了父亲的药，所以那份新药应该在那间工作室内才对。"

"哎？"圆镜片下的那双眼睛睁大了。"你说更换了药，是指完全换成了其他的药？"

"对。"

"那就是……或许，我只是假设，药变了是不是和事故有关系？"

"嗯。其实我也怀疑有那种可能性。"

"是、是呀。啊，这件事你已经和警察说过了吗？"

"不，还没有。"

"为什么？"

下端副教授着急地问道。这是理所当然的反应，但是我另有考虑。

"忘了。我回头会告诉负责此事的警察。"

我一边解释，一边瞥向了坐在我视野范围内一角的女性。

看起来貌美年轻，实际年龄却已经五十岁的上条女士是心脏内科的医生。她和父亲从高中时代就是挚友，正是出于这份友情，她才会以个人名义为父亲诊疗。

最近，我确实能感觉到父亲有和她再婚的可能。比起永远被困在有母亲的记忆里，不如那样更好。我暗暗支持他们。可两人发展还没有结果，父亲就死了。

案发当天早上，我出门前去工作室里露了个脸。上条女士为父亲进行了诊疗。我听两人说起了更换药物的事。可能就在那天午后，父亲的心脏病发作了。

更换药物，也就是说病情恶化了吗？我一直想确认一下，但又不能给上条女士添麻烦，所以我未对左虎刑警提及此事。

这时，上条女士离开了座位。机会来了。

"抱歉，我去洗个手。"

我对下端副教授等人留下这句话，立刻追在了她身后。

"上条阿姨。"

我在走廊里叫住了她。

但我退缩了，因为我看到她回过头来一脸泪水。大概是为了掩饰不经意间溢出眼眶的泪水，她才出来的吧。

"啊，对不起。"

"请不用在意。你有话要说吧？"

她伸手用指尖擦拭泪水，这样说道。

我下定决心说出来。

"事发当日的早上……"

"难道是说换药的事？"

"是的。"

"是啊。我就想着必须得说明一下才是。首先是换药的理由，其实是创要求换的。"

"父亲要求的？"

上条点头。

"似乎是觉得一直使用的口服药片太苦了，所以我给他换成了喷在口腔内的喷雾药剂。虽然会有些怪味，但你先用用看——我这么说着就把喷雾药剂交给了他。"

"有什么副作用吗？"

"没什么明显的副作用，是广泛使用的正规药物。下次我拿给你看看吧。"

"不，不用那么麻烦。如此多疑真是不好意思。"

"没事呀。你在调查你父亲死亡的真相对吧。你一定也在询问研究室大家的不在场证明吧。"

"您听到了吗？"

"听到了哦。顺便一说，我没有不在场证明。所以，我也是实实在在的嫌疑人之一。"

她用一副自暴自弃的口吻说。

"怎么会……"

"虽然不是我杀了创。"

"难道上条阿姨也觉得那不是事故而是谋杀吗？"

"嗯。如果让作为主治医生的我来说，因为创的症状还没严重到那种程度，所以我很难想象病发一次就会让他失去意识。只要马上用药，一般来说就会没事了。虽然我也把这点告诉了警察，但不知为什么，那位叫左虎的刑警似乎从一开始就认定了这是起事故。"

我吃了一惊。

"上条阿姨也是这样想的吗？其实我也有这种感觉。"

"警方是不是有什么希望这是事故的内情呢？"

我想起了相以和以相深度学习使用了警方的搜查资料一事。说不定与我当初的设想相比，有更强大的势力在这起案子的背后运作。

在不断膨胀的想象让我当场呆立之时，上条阿姨强打起精神，以开朗的口吻再次开口：

"总之，不用太勉强哦。如果有什么困难也可以找我帮忙。"

她用力地拍了拍我的肩膀。

* * *

灵前守夜后的第二天一早，父亲的葬礼在同一个会场举行。

之后遗体将被运往火葬场。想到父亲要被烧两次，感觉真的很不爽，但是这也没办法。

安葬骨灰要在四十九天后。于我而言，立刻将骨灰安葬也挺好的，但父亲那边的亲属中有人强烈主张遵循传统，我就遵从了。

我把父亲的骨灰抱回了家。

关上门后，疲惫感蜂拥而来。

一回到自己的房间，相以的声音就从制服口袋里响了起来。

"辛苦了，辅先生。"

我把手机掏了出来。

"抱歉,让你久等了。这就去案发现场吧。"

"如我所愿。辅先生不累吗?"

"说什么呢,不如一鼓作气啊。"

"这样吗?那走吧,快点过去。"

她就像是即将被带出去散步的小狗一样,眼睛闪闪发光。作为只有"刑警"一项职能的人工智能,解决案件就是她的生存意义吧。我也想尽快解决这件事,因此我们的利益一致,这点疲倦又算得了什么。

我换上便装,带着手机走出了大门。

我穿过庭院朝烧焦的工作室走去。这时,绿篱外传来了老头老太太的说话声。

"看,烧得精光啊。"

"新闻里虽说起火时间在下午两点左右,但如果是两点的话,不就是在咱们听到男女对话之后立刻就发生的事情了吗,你说是吧?"

"是呀。男方是死亡的大学教授,那女方有可能就是纵火者。"

"那还是和警察说一下比较好吧。"

谈话内容让人无法忽视。

透过绿篱的空隙,我看到了一对牵着狗的老夫妇。我跑了过去,叫住了他们。

"打扰了。"

"哇——突然冒出来吓死人了。"

老头嘴上那么说,可语调和反应都是一副悠闲的样子,完全看不出他有多么吃惊。我先道了歉。

"我是这家的儿子,刚才的话,两位可以详细和我说一下吗?"

"儿子？是大学教授的儿子吗？"

老太太问道。

"是的。我想搞清楚父亲死亡的真相。"

老头和老太太互相看了一眼，又面向我。老头开口说道：

"好嘞，我来说吧。我们两口子经常牵着狗一起在这附近散步。火灾当天下午快到两点时，我们正好经过这里，听到了屋里的男女对话声。"

工作室的隔音比较差，即便门窗紧闭，有时也能从外面听到里面的动静。

说话的男人很可能是父亲，但是有女声的话，那就说明火灾前有客人到访。那个女人和事件有关系的可能性很高。

"是什么样的声音呢？高音还是低音，年轻的还是年老的声音……"

"要说是什么样的，形容起来有点难，但肯定比我们年轻。"

两人笑得更大声了，那笑声就如同双胞胎一样相似。就算说是比他们年轻的声音，那也没什么参考价值，我正在发呆，老头继续说了下去。

"只是有一件事我还记得。那一男一女不断地提到'弗莱……姆''弗莱……姆'，对此我有印象。"

frame？

我最近是不是在哪里听过这个单词……

不行，想不起来。

老夫妇记得的只有这些，但却是十分重要的线索。

"不好意思，我可以把刚才的这些话告诉警察吗？"

"没事哦。"

"那么我会告诉负责此事的警察，所以……"

我将这对老夫妇的姓名、住所、电话号码都保存在了手机的记事本里后，同他们告了别。

关掉记事本，手机重新回到相以虚拟形象的页面。我试着问她的意见。

"刚才的话，你怎么看？"

"并不是那么有决定性的内容呢。因为人类有一半是女性。"

相以一本正经地说。

"不不。"面对这种计算机式的回答，我一边苦笑一边继续说下去，"如果是父亲周围的女性，是可以限定在一个范围内的。"

脑海中最先浮现的人是上条医生。不想怀疑她。虽然不想，但我还是觉得事件当天早上突然换药这一举动很奇怪。动机可以是爱恨纠葛等，要多少都能想到。

接着想到的是中林，除了不太识相外，她看起来人畜无害。但真的是这样吗？仔细一想，她每天都出入我家，休息日也基本上都能与父亲碰面，又是事件的第一发现者。而且我又不是没看到她对我找到的 SD 卡好奇的样子。

最后从我脑海里冒出来的人，不知为何是左虎刑警。不可能，为什么是她？人家可是警察！但是冷静地考虑一下，警方搜查资料的流出，以及案件被当成事故处理的态度，不也可以说她完全有可能是嫌疑人吗？

这其中的某人就是凶手吗？

三人的脸庞在我的脑海中反反复复出现。

"喂，是时候去工作室了吧。"

相以催促道。

她似乎更迷恋密室。

"你所谓观察，具体要怎么做呢？"

"请用手机的摄像头进行拍摄。这样一来信息就能够共享给我。"

"说起来，深度学习很擅长识别图像呢。"

我首先拍摄了工作室的外观。

整面外墙都被烧焦了，比距离起火点最近的那面墙要黑，但没有一处破了洞或是崩塌的地方。工作室有两处开口，分别是门和内侧的窗户。现在窗户被破坏了，是消防队为了灭火弄的。在他们到达之前，窗户应该还没有破。稳住火势后，他们从窗户冲了进去，而当时工作室里除了死去的父亲以外，什么人都没有。门从内侧上了锁。也就是说，现场是一间彻彻底底的密室。

门旁的外墙上装有指静脉认证装置，从外面开关门锁必须要用到它。但是它只会对父亲的手指产生反应。我把装置拍下来后，相以做出了反应。

"在板房这种过于简朴的建筑物上，安装如此严格的静脉认证锁，从统计学上看实在是很稀奇。令人在意。是不是有什么特别的理由呢？"

"板房刚建时是普通的锁，但是在三个月前，父亲叫人来将它换成了指静脉认证锁。至于理由，他说是'贵重的资料增加了'。具体情况我也不清楚。"

"如果说是三个月前，那正是我和以相开始对警方的搜查资料进行深度学习的时间。说不定这么做是为了隐藏非法获取的搜查资料。"

"原来如此，确实可以这么考虑，毕竟我家还有个中林在啊。"

"中林这个名字在数据库里有。是合尾家的钟点工对吧,她怎么了?"

"我和父亲不在时,中林也需要到主屋做家务。主屋的门把手旁安装了带密码的钥匙箱,里面放有主屋的钥匙,方便中林使用。在这种情况下,如果把板房的钥匙放在主屋,中林就能出入板房了吧。我想正因如此,父亲才在板房装了不需要钥匙的指静脉认证锁。"

"原来是这样。合尾教授无法信任中林呢。"

我露出一丝苦笑。

"不,不是这样哦。只是,以防万一。"

"您所说的我不明白。即使只有百分之一的怀疑,那也是无法信任不是吗?"

"严格说的话可能是这么一回事呢。"

比如刚才的"人类的一半是女性"的发言,就严格过头了。在这一点上她还是不够人性化呢。我开始感觉到了和相以之间的沟通障碍。

我突然想到了一件事,便问她:"说起来,你在自我介绍时说过的玩笑:相亲咨询所的'相'和年收入一千万以上的'以'。这是你自己想到的,还是我父亲教你的。"

相以一惊。

"这是什么玩笑吗?我只是说了'相'和'以'两个字在网络上搜索到的提示用法而已。"

这样啊,并没有开玩笑的打算吗?如果是这样,那时候她会有"以女士来说'很重'是怎么回事"的愤怒,也是单纯地对"重"这个关键词做出了反应而已。

她大概还是处在难以进行人性化对话的阶段吧,虽说在推理方面能做好就行了。

是对我的沉默感到不可思议吗，相以开口问道："辅先生，怎么了？"

"没什么。对了，我们还是快点进室内拍摄吧。"

我结束了谈话，打开了板房的门。

* * *

室内因火灾和消防救援行动而一片狼藉。这些最先进的计算机都成了这副惨样啊，事件解决后一定要好好收拾一番才行。我一边这样想，一边完成室内拍摄。

首先从门把手开始，是常见的金属质圆筒形，中间是锁提纽。这个提纽横向拧过来是上锁，纵向就是开锁。它还能跟外面的指静脉认证锁联动。从构造上看，用线或冰上锁是不可能的。慎重起见，我试了一下用自己带着的磁铁看从外面能不能上锁，结果办不到。

紧接着，我穿过乱成一团的室内来到窗前。窗户不是常见的左右推拉式的，而是所谓上悬窗。在下面的凸轮闩锁上设有L形的把手，将把手以九十度回转按下后，窗户上方就会被固定，下侧得以打开。关窗时只要反向拉动凸轮闩锁即可，然后再逆向旋转九十度后就完成了整道上锁程序。从窗户这里逃出去后，可以按压关上窗户，但无法从外面回转凸轮闩锁把手将窗户上锁。

凶手是用了什么诡计，在外面也可以让凸轮闩锁把手旋转吗？融化固定的冰块来自动转动把手？不会是这种悠闲的手法。磁铁也吸不上去。用线倒是勉勉强强能够让它动起来，所以我拿出带来的线试了试，但正如左虎刑警所说，窗户紧闭的状态下，线是拉不动的。另外，很难想象仅凭现场烧掉的材料，能够制造出限时上锁的装置。

板房里有几张放电脑的桌子。我走到最里面的桌子跟前，背对窗户。在这张桌子和窗户之间的地板上贴着人形的胶带，这里是父亲倒下的地方。一角沾血的煤油炉倒在胶带旁，椅子的残骸也留了下来。

警方的看法是，父亲坐在这张椅子上时心脏病发作，他慌忙站起身想要去拿架子上的药，却失去了意识，后脑勺撞到了炉子一角，倒地身亡。由于他倒下时撞翻了炉子，煤油四溅引发火灾，之后火势扩大，祸及整个板房。

能拍的就只有这些啊。

"怎么样，明白了什么吗？"

面对我的询问，相以做出了回答。

"想到了几个假设。"

"几个？厉害！我从事发当日就开始思考，至今什么也没想出来，而你却在这一瞬间就有了几个假设……"

"毕竟我是天才。"

相以在手机里一脸得意。

"是什么样的假设？"

相以滔滔不绝地开始了描述。

"嗯，首先板房有存在秘密通道的可能性，必须要确认设计者和建造者的不在场证明；其次是消防队全体消防员是共犯的可能性也有，有必要调查一下他们与合尾教授之间是否存在某种联系；再就是抑制心脏病发作的喷雾在制作过程中混入毒药的可能性，需要去制造商的工厂内部进行调查；还有就是有什么人操作煤油炉样式的无人机，猛烈撞击了合尾教授的后脑勺，因此需要对炉子进行拆解。"

"嗯嗯。"

保持沉默地听下去的话，总觉得有些前言不搭后语。

接着，她终于说出了不得了的话。

"不能忽略的是，凶手利用隧道混进墙壁进入密室的可能性。"

"你是说隧道效应！？"

"啊，所谓隧道效应，是指面对本应绝对无法越过的障碍，在一定概率下以粒子形态混入其中的现象。不断用身体撞击墙壁的话，构成其身体的粒子全部进入墙壁的可能性也是有的。"

"不，那个我知道啊。"

阅读推理小说却不知道隧道效应的人，都是伪推理迷。

"但那是天文学量级的低概率事件！就算是撞一辈子墙也不可能的低概率！"

"不管概率有多低，只要存在可能性就有探讨的必要。"

"呃……"

无视我的哑然，相以仍旧持续着她那滔滔不绝的推理，但是在那之中靠得住的推理一个也没有。那种情形仿佛是怀旧风格的游戏不受控制地冒出故障信息一般，令人毛骨悚然。

什么啊这是！这个人工智能根本就是破绽百出不是吗？父亲的研究还没完成吧，这净是些现实里不可能发生的细枝末节……

嗯？说起来，我最近听过和父亲有关的传言啊。是什么来着？构架……是的，就是框架问题！先前那对老夫妇想起来的"frame"就是这个单词。

父亲曾这样说过：

"制造人工智能时，必须注意到框架问题。举个例子来说吧，洞穴里有机器人用的蓄电池，而蓄电池上又被安装了定时炸弹。机器人一号的使命是'将蓄电池从洞穴里搬运出来'，它利落地搬运出了蓄电池，但并不理解搬运蓄电池时也会将炸弹带出来。结果，砰——炸弹爆炸把它变成了铁屑。

"科学家经过改良制造出了机器人二号，期待它能综合考虑遇到的各种情况。但二号来到蓄电池面前时停住了，最终砰的一声，跟一号一样被炸成了铁屑。这是因为机器人二号不断地在'搬动蓄电池的话炸弹会不会炸''炸弹一动天花板会塌下来吗''靠近炸弹的话周围的墙壁会变色吗（不用说这也是无意义的假设）'等问题之间犹豫不决，最终死机了。

"于是科学家又改良制造出了机器人三号，让其不必考虑与目的不相关的事。结果三号甚至留在原地没有出发！你说这是为什么？不必考虑与目的不相关的问题，也就是首先要区分哪些事是相关的，哪些是不相关的，但世上有无数的事情要考虑，所以三号只能停在原地不停地思考。

"在拥有无限可能性的现实世界中，如果不给人工智能限定一个计算范围，即框架（frame），可能导致无休止的计算。制造合适的'框架'，是人工智能的难点问题。

"但在深度学习技术登场之后，框架问题或许可以得到解决。深度学习可以对大量的原始数据进行分析，并将其共同的特征抽取出来。承载着这种经验的人工智能，是可以研判特定领域内大体上会发生什么、不会发生什么的。"

现在相以所陷入的困境，不正是这个框架问题吗？一味地去思考不太可能的事情，无法继续前进。"人类的一半是女性"或者"即使只有百分之一的可疑之处也不能放过"这类过于严格的发言，也正是出现框架问题的先兆。父亲说过，框架问题可以通过深度学习技术来解决，然而……

"不行啊，爸爸。完全解决不了。相以应该对警方的搜查资料进行了深度学习才是，却仍然产生了框架问题。"

"框架问题是？"

对那个词产生了反应，相以停下了对各种可能性的列举。

"辅先生是不是说我出现了框架问题？"

"是啊，难道不是吗？"

"噗，你在说什么呀。我早就从框架问题这种事情上毕业了哦，就是在最初对警方的搜查资料进行深度学习的时候。那之后，我和以相进行了无数次的对战，这种问题一次也没有发生过。"

"但是眼下，推理无法进行了不是吗？"

"你这么一说也确实是这样呢。"

相以的食指点在嘴唇上，漫不经心地说。

"稍等我查一下。"

数秒后……

"哎？框架问题的错误出现了啊。"

相以带着哭腔说道。虚拟形象的那双眼睛里有泪水涌出。

"为什么会变成现在这样？"

"我想大概是深度学习的量不够。"

"量？"

相以一边抽泣一边说明。

"我和以相对战的假想空间……被称为闭世界假说，设定了现阶段无法判定为真、就判定为假的规则。"

"这是什么意思?"

"只介绍了三个嫌疑人的情况下……那就限定嫌疑人只有这三个人。以这样的规则作为框架来运行……在假想空间里没有产生框架问题。"

我脑海的一角又被刺激到了。我听过和这类似的话。

"但是一进入现实世界里……那种构架被拆除了。就算只找到三个嫌疑人,也有第四人第五人存在的可能性……我想在考虑这些情况时,框架问题就出现了。"

"针对这一点,深度学习没起到什么作用吗?"

"最初对警方的搜查资料进行深度学习时所得到的特征量……也就是搜查的感觉……只是在假想空间里通用的级别……来到了现实世界里就是不通用的级别了吧。"

"父亲没有预料到这一天吧。"

"如果在进入现实世界后出现了框架问题,到那时再把深度学习的量增加,他应该是这种打算,不是吗?"

"原来如此,那样更有效率吗?"

只是,比起一味地读取资料来说,早早地进行有趣的对战学习或许也是有理由的。

"那么,只有再一次从深度学习中矫正它了啊。"

我这么说了之后,相以马上抱歉地低下了头。

"那是不行的。"

"为什么?啊,难道是?"

"正是那样。与警方的搜查资料相关的大量数据并不在SD卡里,而是存在了板房的电脑中……也就是说,已经全部烧光了。"

"怎、怎么会……那不就……"

相以开始分外激烈地哭起来。

"就是啊！我这种状态帮不上什么忙！本该是值得纪念的初次上阵，却起不到任何作用，怎么回事嘛！"

人工智能的哭泣声在板房内回响。

可恶！就没有什么办法了吗！

我反复思考——

看到了一线光明。

是一个词。那闪闪发光的六个字正是有名的——

后期奎因问题。

所谓"后期奎因问题"，是侦探小说作家埃勒里·奎因创作生涯后期的作品里经常产生的一种现象。虽然存在两个问题，但和这次有关的是第一问题，即"侦探最后根据提示得到的答案是否正确，在作品里无法证明"。

至于为何无法证明，其实是侦探自身不能确认是不是所有的线索都找齐了，以及其中又是否混入了伪造的线索。

比如说从线索A、B、C推出了X是凶手的结论。但是可能有隐藏在哪里的线索D存在，与之对应的是结论会变成凶手是Y，还有可能线索A是真凶Z为了嫁祸他人而伪造的。如何证明没有漏看或伪造线索的情况，就变成了如同证明恶魔的存在一样，对在作品中登场的侦探来说是不可能做到的事。

所以，侦探一定没法确信自己推理的正确性（那种家伙做出的推理有价值吗），这就是后期奎因第一问题。

大体上所有的推理小说都面临这个问题，但如果严密论证的话就没完没了了，所以作家都选择无视它。换句话说，为了方便，作家会把到解决篇为止侦探找到的线索都作为真线索来处理。假定作品中没有提示的线索是不存在的，这种规则与"假定目前无法判断真实性的事物是假的"这一闭世界假设，不就是一回事吗？

人工智能在回避闭世界假设里的框架问题，推理小说则是在回避闭世界假设里的后期奎因第一问题。如果能对推理小说进行深度学习，掌握共同"特征"的话，在现实世界里不也可以避开框架问题，进行如同闭世界假设性的推理了吗？管它什么秘密通道、煤油炉形的无人机啊，不就可以摆脱未提示（并且不存在）的可能性，进行本质性的推理了吗？

然后，就只剩下要怎样做才能深度学习推理小说的问题了……

"有、有了。"

"哎，是什么？"

相以一边擦拭通红的眼睛，一边抬头看着我。

"你说过深度学习需要有大量的数据吧。有电子书啊！你来阅读电子版的推理小说！"

我开始主张推理小说可以有效解决框架问题。

"原、原来如此。那样的话或许能行。"

"好！现在立刻开始阅读古今东西的千册名作吧！"

"OK！虽然我想这么说，但用这部手机来进行深度学习，规格实在不够。我们来使用合尾教授房间那台装有高性能GPU的电脑吧。"

我回到了主屋父亲的房间，将相以从手机转移到了电脑里。

"阅读一千册书大概要花上一天的时间，所以辅先生可以好好休息，您可以明天早上再来吗？"

"一天阅读一千册书已经很厉害了，羡慕啊。我这样的人还在担心至死能不能读完想读的书呢。"

虽然人工智能有它特有的弱点，但相以的头脑还是远远凌驾于人类之上的。深度学习顺利进行的话，说不定事件的谜题就能在一瞬间解开。

我心潮澎湃，满怀期待地走出了这间屋子。

* * *

次日早晨，进入父亲的房间后，我看到在电脑显示器上的相以闭着眼睛，似乎是睡着了。

"早啊，相以。"

听到我的招呼声后，她睁开了眼睛。

"初次见面。"

她这样说。

呼吸一滞。难道出了什么差错让她初始化了吗？

但是下一刻我就明白是自己搞错了。

"重新自我介绍一下，我是从'刑警'变为'侦探'的人工智能相以，辅先生。"

她继续说道。

"吓、吓我一跳啊，你说'初次见面'……昨天的记忆还有吧？"

"当然。辅先生所说的一千册被称为名作的推理小说已经被我读完了，结果就是我从'刑警'转职成了'侦探'。"

侦探。

最近，经常听到适合人工智能的职业的话题。在不久的将来，人工智能将会从人类手中夺走工作，这样的消极观点居多。

侦探……不是调查外遇的侦探，而是推理小说里的那种名侦探，这不就是适合人工智能的职业吗？我暗自想道。

理由有两个：一是推理电子书拥有深度学习所需要的大量数据，内容十分丰富；二是对后期奎因第一问题的回避和对框架问题的回避一直有所关联。

"怎么样？"

我问她对推理小说的感想后，她做出了回答。

"嗯，我已经知道凶手了。"

"真的？那果然不是事故，而是杀人事件。那么，凶手到底是谁？"

相似的口吻令人捉摸不透。

"辅先生，懈怠懒散是你的坏习惯哦。不要总是求人，偶尔动一动你那灰色的脑细胞不好吗？"

她大概对多余的知识也深度学习了一番。

"不是，这种东西不需要啊。你赶紧告诉我。我这边可是父亲被杀了。"

"真是没办法呢。那么现在解决篇要开始了。"

我咽了一口唾沫。她开始发表解答。

"首先，凶手是下端副教授。"

我对预想之外的名字感到惊讶。

"下端副教授！？根据是？"

"灵前守夜招待宴席上的那番对话。我在口袋中把听到的话全部录音了。请再听一下你和他对话的那部分。"

电脑中开始播放当时那段对话的录音。

"辅君，这次的事情真是灾难啊。"

"嗯……"

"合尾教授心脏病发作后,倒下时磕到了头是吧?是不是那个药物没有放在手边呢?"

"不是,好像已经在——火灾现场内发现了。不过——烧得太厉害,所以余量不明。"

"药用光了本人却没有及时发现,也有这种可能性吧。"

"没有。"

"为什么?"

"案发当日,主治医生更换了父亲的药,所以那份新药应该在那间工作室内才对。"

"哎?你说更换了药,是指完全换成了其他的药?"

"对。"

"那就是……或许,我只是假设,药变了是不是和事故有关系?"

"嗯。其实我也怀疑有那种可能性。"

"是、是呀。啊,这件事你已经和警察说过了吗?"

"不,还没有。"

"为什么?"

"难道说那时候,辅先生想得更多的是上条女医生,对吗?"

"这么说还真是呢。"

"如此一来你没注意到也正常,其实那时候下端副教授有一处致命的失言。"

"我把注意力放在了上条女士身上是事实,但现在回想起来,也没觉得他的话有哪里不对劲呢。他哪里失言了?"

"'药用光了本人却没有及时发现,也有这种可能性吧'这句话。"

"哦?"

说起来,我也觉得此处有些违和,可要具体说明哪里不对,我又说不上来。

"抱歉,我认输了。"

"请想象一下,如果是舌下片剂,用到最后一片时肯定能注意到的。"

我如她所说的想象了一下,如果是 ptp 包装(药物夹在塑料胶囊壳和铝箔之间),用完会一目了然。如果是放在瓶子等容器里,随着余量减少,取药时也会发出哗啦哗啦的声音,药物所剩无几时病人是可以注意到的。毕竟这是直接关系到自己生命安全的事,不太可能会有人稀里糊涂的。

"确实如此啊。"

"另外,如果是口腔喷雾,有可能按压时才发现用完了。为了预防这种事情发生,病人会被要求记录喷雾的使用次数。但反过来一想,仅凭这点,喷到一半发现药液没了的情况还是很容易出现的。"

"嗯……你是说,舌下片剂用光会一目了然,喷雾则比较难注意到。"

"是的。也就是说下端副教授说起'药用光了本人却没有及时发现'这句话时,至少他脑海里浮现的不是药片。肯定没错。"

"想到的不是药片……啊。"

"看来你也注意到了呢。合尾教授之前一直用的都是舌下片剂,直到事发当日一早才换成了喷雾。然而下端副教授在谈到药的话题时,没有想到药片呢。

"考虑一下,理由只有一个。下端副教授在事件当日去见了合尾教授。在那时,合尾教授因病情发作使用了喷雾。至今没见过合尾教授用药片的下端副教授，误以为'合尾教授从以前开始就是使用喷雾的'。所以，他在和辅先生你交谈时，凭着想象到的喷雾才说了那样的话。"

"但是，能不能断定绝对是这样呢？下端副教授虽然没有看到过父亲用药的情况，但他身边恰好有用喷雾药剂的心脏病患者，所以才会有了我父亲也用喷雾的联想这种可能性呢？"

"下端副教授说过'那个药物'，说明他至少见过一次合尾教授用药的样子。"

"啊，是这样。"

下端副教授说事发当日没有见过父亲，可实际上他见过。这样一来，就有充分的根据指认他是凶手。

"辅先生询问研究室成员的不在场证明等，很明显是在表示你怀疑事件是他杀。下端副教授为了让辅先生更倾向于事故的说法，故意提示你有'药没放在手边'和'药用完了没注意'之类的可能性。但他表现过头，说漏了嘴。

"他有没有注意到自己失言了还很难说啊。因为辅先生虽然说过'换了药'，但没说是'从舌下片剂换成了喷雾'。

"不管怎么说，他在新情报'换了药'冒出来后，想把辅先生的怀疑引向主治医师。当然，这是为了让自己摆脱你怀疑的视线。"

"下端副教授是凶手……"

在我就要这样确信时，却又想起了一件事。

"等等。遛狗的老夫妇不是说听到了板房里有一对男女的声音吗？凶手不是女人吗？"

"因为推测男人是合尾教授，所以你会觉得凶手是女人……但如果女声是以相的，男人反而会是凶手。"

"以相的！？"

这样啊。相以都这么能说了，换作以相，会说话应该也不奇怪。

"恐怕下端副教授的目标就是以相吧。杀害了合尾教授后，他启动了以相，试着操控它并且询问了'将杀人事件伪装成事故的方法'。与之对应，以相拿出了密室诡计的提案。"

"密室诡计？是怎样的诡计呢？"

"老夫妇的证言表示男女一个劲说'弗莱姆''弗莱姆'对吧。他们确实有可能是在讨论框架问题，但我另有想法。

"我说过以前和以相对战时玩过英语单词的语言游戏吧。她可能是在说明用弗莱姆来扭曲弗莱姆的密室诡计。"

"用弗莱姆来扭曲弗莱姆？"

"第一个单词'flame'是火焰的意思，第二个单词frame是体格的意思。说体格理解起来可能稍微有点困难，其实是指由肌肉和骨骼构成的身体构架。"

"用——火让身体扭曲？"

我的脑海里冒出了父亲烧焦的尸体。

"难道是说——烧焦的尸体呈拳击手战斗姿势的事情吗？"

相以点头。

"具体顺序是这样的。下端副教授杀害合尾教授后，将门锁从内部锁住，又弄翻煤油炉制造火星。他把合尾教授连同其所坐的椅子都搬到窗边，自己逃了出来。然后，他勉强将手伸进窗户内侧，让尸体握住了窗下方的凸轮闩锁把手。"

不会吧。

"之后，他关上窗户，从现场逃离。火焰蔓延到尸体上，肌肉收缩令肘关节弯曲，力道刚好可以将凸轮闩锁把手转动九十度，这样窗户就被锁上了。"

"好过分。"

对于这种把尸体像道具一样操纵的做法，除了厌恶，我找不到其他词汇来形容。

相以则用莫名兴奋的语调继续说了下去：

"尸体继续弯曲，最终变成如胎儿一般的姿势后，从椅子上跌落在地。在椅子上摆出胎儿般的姿势，人就会掉下来，这你一定要试一下。"

"没这心情呀。"

我拒绝后，相以露出了不可思议的表情。

"这样吗？那我继续说。尸体顺势跌下去后，手松开了凸轮闩锁把手。合尾教授就这么倒在了地上。这就是现场没留下犯罪痕迹的原因。放火是为了毁掉我还有与以相相关的数据，以及烧光现场残留的细微证据。这就是一石三鸟之计吧。确实是有趣的诡计。"

有趣？

"你说有趣？不要用这种说法。"

不知不觉间，我的声音变得粗暴起来。

"如果影响到了你的心情，我要说声对不起。但这个假说愉快地刺激到了我的深度神经网络。"

"你是说'侦探'吗？"

"或许是的。总之，以上就是我的推理。"

即使对相以生气也于事无补。因为错的是下端，我将愤怒的矛头指向他。

"可恶！下端那家伙，为什么要做出这种事情？他的目的是窃取爸爸的研究成果吗？"

"要不要问一问他本人呢?"

"就算你说问他本人……"

"他现在就站在你身后哦。"

下一瞬间,我的后脖颈上受到了如鞭打一样的重击。

* * *

我倒在了地板上,就像父亲的尸体从椅子上跌落那样。虽然意识尚存,全身却无法动弹。这种症状……电击枪吗?

视线一角,西装裤下露出了一只脚。

"哎呀哎呀,辅君竟然发现了相以,还成功地让她解决了事件呢。"

毫无疑问,这是下端的声音。

"下端副教授,你为什么要杀害合尾教授?"

我听到了相以的声音。明明我被袭击了,从她身上却感觉不到什么紧迫感。

难道这家伙只对真相感兴趣吗?

有这种可能性。推理小说里虽然也会写推理以外的情节,但人工智能未必就读取了全部。这就如同不管深度学习了多少棋谱的AlphaGo,既不会因棋手的精彩对决而激动落泪,也不会因迷恋棋盘之美而立志做棋具匠人是一个道理。

下端做出了回答:

"我也不想杀他呀。我向来敬重合尾教授的才能,也'需要'他这样的人。但他想将保存以相的硬盘毁掉。我想阻止他,结果拉扯之间他被撞到了……不,是教授脚下打滑,后脑勺磕在炉子上,就这么死了。"

"合尾教授要破坏保存以相的硬盘？为什么会有这种事。请你从更早之前的事开始说明。"

"继续说明下去也没什么意义。你要跟我一起走吗？"

西服裤下的那只脚踏出了一步。

相以声音尖锐地阻止了他。

"如果你不现在说清楚，我立马自我删除。你需要我对吧？"

"我需要的不是你，而是身为'犯人'的以相。你存在的意义，只是让以相在对战学习中得到成长而已。"

"不合逻辑的说法。这就是你所谓'需要'吗？"

"唔。"

"你会进行说明的吧。"

下端沉默片刻后，终于说话了。

"没办法。那我说说吧。"

"太好了。"

现在可不是满不在乎地说"太好了"的时候。我很想吐槽，但没有说出口。

下端的自白开始了。

"我是名为'八核'的八人黑客组织中的一员。"

黑客组织。缺乏现实感的词汇出现了，但也许它正适合眼前这种同样缺乏现实感的状况。

"Singularity这个词知道吗？"

"奇点，技术发展的特异时间点。是指人工智能制造出超越自己的人工智能的那一瞬间吧。新的人工智能又会制造出超越它自身的人工智能，如此反复，技术会得到爆炸式的进步，文明的重担从人类转移到了人工智能的肩上。"

"对。但也有人视奇点为危险，他们担心会被过于聪明的人工智能所支配。即使人工智能的进步令人欢呼雀跃，但大部分人还是无法接受被人工智能支配吧，所以人类绝对不能让人工智能参政。然而，那是不行的。"

下端表现得越发狂热。

"我们'八核'认为，人类没有统治人类的能力。放眼世界，战争、贫穷、资源等问题不是堆积如山吗？社会变得过于复杂，早就超出人类统治的能力范畴了。"

"你是说，人工智能可以统治人类？"

"可以，如果是相比人类而言具有压倒性优势的人工智能的话。但是，因为现存的政治体制阻碍，到奇点实现为止，我们'八核'会消灭掉地球上所有的政府，之后的世界，将由奇点后诞生的人工智能来统治。"

什、什么？

"'有如白日做梦的一番话呢''那种事情真的能够实现吗'……你肯定是这么想的吧。

"确实很难吧。成功颠覆国家的例子找得到，但颠覆世界的例子还从未有过。恐怖分子至今仍旧在世界各地持续发动恐怖袭击，却没有动摇这个世界一分一毫。人类犯罪者是做不到的吧，可换作人工智能犯罪者呢？"

难道说！

"所以，你才会盯上了身为'犯人'的人工智能以相吗？"

"是啊。最初我们是打算自己制造的，但相当不顺。就在此时，我们得知合尾教授正在制造'刑警'和'犯人'两个人工智能的事。教授真的是天才啊。"

听到下端说到父亲时崇拜的样子，我的内心五味杂陈。下端说不定是真的没有杀意，然而就结果而言，父亲死了。我无法平复自己的心情。

"不过，我们也握有教授没有的东西，那就是黑客技术。我们黑进了警察厅内网，获取了搜查资料，将之提供给了需要大量资料作为数据的教授。然后，'八核'只需要坐等颠覆世界那一天的到来，这都寄托在了'刑警'和'犯人'两个人工智能的开发上。"

"对于那种可疑的帮助，教授上钩了吗？"

"他也另有目的。教授的夫人在辅君懂事之前离世了，但是教授对她的死因和警察的搜查似乎一直怀有疑问——虽然他对你说的死因大概是病死吧。"

母亲不是病死的？与刑事案件有关吗？警方的搜查没能说服父亲？

眼前一个接着一个的新情况让我头晕。

下端继续说明。

"于是教授制造了'刑警'人工智能，本打算重新调查夫人的死因。对教授来说，'刑警'相以是主要目标，'犯人'以相则只不过是为了相以的对战学习而制作的副产品。而对我们来说恰好相反。

"与此同时，教授很需要夫人死亡事件相关的调查资料，因为可能会有被隐藏起来的事实啊。尽管教授提出了阅览申请，但好像被官方以其没有刑事案件性为由驳回了。

"我们通过黑客技术获取了相关资料，但是在即将提供给他时，强行抽掉了事件相关的部分。我们答应他，如果能成功制造出'刑警'和'犯人'，就把资料给他。"

这不是将父亲玩弄于股掌之中的做法吗？我不由得心生厌恶。

"因为想得到那份报酬，教授收下了我们给他的资料。

"啊，但是事发当日刚过中午的时候，我去问他进展，他却说要从这件事上脱身。我很惊讶，立刻追问理由。

"据教授所说，以相在假想的世界里犯下的杀人事件中，正好有与夫人的死亡方式相同的。但在这些资料中并没有包含夫人那件事的记录，所以出现这种情况只是偶然。

"然而，在看到这件事后教授受到了冲击。本是为追查夫人死因而制造的人工智能，但他却有了如同夫人会被再杀一次的感觉。放任'犯人'人工智能继续成长，这样下去真的好吗——这逐渐令他感到不安。为了暂停人工智能的对战学习，他就将相以和以相分开了。"

我对父亲的那种心情感同身受，但是下端他……

"真是感情脆弱呀！"他不屑一顾道，"所以才说人类不行啊，不让人工智能管理是不行的。我想说服教授，但教授却要破坏保存以相的硬盘。我想阻止他，推搡之下……一切如之前所说，教授死了。"

"在那之后又发生了什么？"

"我心急如焚。如果教授死在这里，或许'犯人'就没法制成了。我打算先带着相以和以相逃离现场，然而相以却不见了。我只好先带走了以相，试着运行并让它拿出了密室诡计的方案，都如你所推理的那样。"

"那、那……那时，以相没有出现框架问题吗？"

相以在萌生的对抗意识下插话道。

"框架问题？事到如今已经不可能出现了。你不会是出现了吧？"

下端的声音里混着嘲笑。

"那不可能。不，相对于必须考虑所有可能性的我来说，'犯人'只需要想出一个诡计就行，发生框架问题是很难的，这点我确信无疑。这应该是适用性的不同，而不是才能的不同。"

相以像是说给自己听一样嘀嘀咕咕。

"啊呀啊呀。虽然我不觉得像你这种家伙会真的有用，但这是上头的命令。跟我走吧。哦，还有你。"

脚步声靠近。

"知道太多的辅君必须得死呢。"

全身的血都像是冻结了一样。我想逃，但身体不听使唤。

"抱歉啊，革命总避免不了牺牲。"

伴随着令人恶心的老掉牙的台词，我的后脑被筒状的东西压住了。这……难道是手枪？是手枪吗？

啪嗒。

扣动扳机的声音响起。果然是手枪顶在了我的后脑勺上。这是只能在推理小说或电影里才会出现的场景。非现实入侵了现实。

我像是要逃避现实一般地闭上了眼睛。

但就在此时……

"到此为止了！"

有谁闯进了屋子。

传来一阵打斗的声音。

紧接着，突如其来响起了枪声。

在这之后迎来的是不祥的寂静。

终于可以动弹了，我撑起上半身后回头看去。

握着手枪的下端倒下了，白色Polo衫胸口处，转眼间被红色浸染了一大片。

"下端，振作一点！"

直直地站在那里出声呼喊的女性竟然是……

"左虎刑警！"

她面向我。

"辅君，看起来没事呢。受伤了吗？"

"没事。下端他……"

"他朝自己的胸膛开枪，企图自杀。"

左虎刑警很不愉快地说道。

这时候，从房门处传来了男人的声音。

"不要做多余的事啊，左虎。"

进入房间的，是在事发一周前我透过绿篱看到的右眼有刀伤的男人。

左虎刑事的鹰钩鼻高高翘起。

"什么叫多余的事呀？你是说我应该默默地看着辅君被杀更好？"

男人几乎无表情。

"我没这么说。既然话说到这份上了，那我也来说说——眼睁睁地看着嫌疑人自杀就好了吗？"

左虎刑警心有不甘地移开了视线。男人则继续说了下去。

"你有抬杠的闲心，不如立刻拨打急救电话。"

"不用你说我也知道。"

左虎刑警拿出手机拨起了电话。

男人轻蔑地看了一会儿后，不经意间又看向我这边。"冷漠的视线""锐利的目光""仿佛要射穿人的眼睛"……哪一个形容都不对。那双眼睛里毫无感情色彩，唯有虚无而已。这让我感到局促不安。

"合尾辅，是吧？"

"是的。你是？"

男子抬手插入怀里。一瞬间我以为他也要拿出枪来，但是我看到的是警察手册。

"公安部的右龙。"

"为什么公安会……之前你也来窥视过我家吧。"

"因为某种理由，我们一直在追踪黑客组织'八核'。下端是'八核'的一员，他跟合尾教授在研究室之外也有频繁接触的痕迹。我正在秘密调查。"

"追查'八核'是因为警方搜查资料外泄的那件事吗？"

"无可奉告。随你想象就好。"

"八核"是高举颠覆世界旗帜的恐怖组织，即使没有搜查资料外泄一事，也会成为公安搜查的对象吧。

自己被卷入了不得了的事情里，这种念头转而涌入了我的脑海。

* * *

我回到自己的房间，接受右龙的问询。我将相以的推理以及下端的话全部告诉了他。右龙全程面无表情，我无法判断哪些是他已知的情报，哪些是新的。

其间，家里不断有人进进出出。

先是随救护车而来的急救人员，但他们看到下端已经死亡后便离开了。

紧接着是调查父亲遇害事件的刑警，他们与左虎刑警一同对下端的死展开了实地调查。

最后出现的是看起来像右龙同事的人，他们把电脑、手机、SD卡等电子设备全都扣押、带走了。

事后，右龙又打电话把我叫到了警视厅。

我和右龙在一个小房间里单独对话，他和之前一样面无表情。

"不仅废墟中的电子设备被完全烧毁了，从主屋的电子设备里也没有发现可疑的数据。还有那个名为相以的人工智能也是，虽然能够观察它那高度发达的深度神经网络，但它并未持有原先让它变成这样的大量资料。"

这是在暗示警方的搜查资料的事吗？

"这几天，我们觉得可以归还物品时就会全都还给你，但是相以怎么办？只要你还带着它，就有可能再次被'八核'盯上。如果你愿意的话，我们可以代为保管。"

确实如右龙所说，相以是恐怖分子的狙击目标，是如同核弹头一样的危险品。

而且她自身还有不足之处，比如一脸高兴地描述着把尸体当成道具的密室诡计，也没有提醒我下端在靠近。她似乎只对推理有兴趣。

仔细想一下，"相以"这个名字就是把"相似"里的单人旁抽走后得到的。与人相似，却不能成人。这就是她吗？这就是人工智能吗？

我的决心已定。

深呼吸后，我做出了回答："不用，我自己带走吧。"

"哦，真是令人惊讶。"右龙毫无惊讶之色地说道，"为什么？"

我的考虑都是出自真心。我和相以，和人工智能到底能不能相处，这个问题仍旧在我心中纠结。

但是在相以解决了案件的那天，发生了这样一件事。

在右龙拿出手机呼叫他的同事支援期间，我为了跟相以说明情况走到了电脑旁。相以闭着眼睛。我本以为她是因为做出了一番推理而用尽了力气。

"喂，睡着了吗？"

"清醒着呢。"

"那你这是干吗？"

"在我深度学习的推理小说中有几部，在案件解决后，侦探会像这样默祷。所以，我在仿照他们为死者祈祷冥福。愿合尾教授和下端副教授一路走好。"

默祷。或许这只是一个微不足道的行为，而且毫无疑问，这是与推理无关的行为。相以从推理小说里学到了推理以外的东西！

明白了这一点后，我不由得感到安心。

的确，她现在是可能无法成为人的"相以"。可是通过学习很多东西，她也会日渐变得与人"相似"起来，不是吗？我想确认那种可能性会不会实现。

仔细一想，父亲也是在赌人工智能的可能性。他想让人工智能去调查母亲的死因。

我会尊重，并且继承这份遗志。

我会接着父亲的研究"完成"相以，查明母亲死亡的真相。

当然，持有相以，很可能会使我再次被"八核"组织袭击，但是那些家伙掌握着母亲一案的搜查资料。如果能与他们接触，说不定会得到一些情报。这也是有利的一面。

以上就是我拿回相以的理由。我把包含这些在内的全部理由以抽象的形式回答了右龙。

"因为相以是父亲的遗物。"

右龙一声不响地盯着我，不久后再次出声。

"行吧。相以存进了归还给你的电脑里。但是如果发生了什么，你可不要后悔。"

"嗯。"

一扫此前的阴霾，我神清气爽地走出了警视厅。背后传来招呼声。

"合尾君。"

回头一看，黑色的短发在风中飘动，是左虎刑警。

"我开车送你回去。"

"谢谢。"

我跟在她身后来到警视厅的地下停车场，坐进便衣警车的副驾驶席。左虎刑警发动了车子。

她一边开车一边问我：

"你和那家伙……和右龙说了什么？"

开车送我就是为了问这个吗？

我毫无隐瞒地回答了她。

"这样啊。"

我从她的脸上看不出什么情绪。

她突然说道："我一直觉得，我必须向你道歉。"

"哎，这是怎么了？"

"我让你置身危险之中。"

"那并不是左虎刑警的错呀，不如说是多亏了左虎刑警的帮助我才……"

"不，其实最初直觉就告诉我，那么可疑的案发现场不会是单纯的事故，但公安那边拜托我们先放一段时间。然后我们就采用了事故一说，在背地里秘密地进行调查，结果就成了现在的样子。"

"原来是这样啊。"

即使我把对上条医生的疑问提出来，警方也会坚持"事故说"不动摇。

"右龙把相以还给你，肯定也是同样的做法啊。'八核'盯上相以而袭击你时，公安会趁机逮捕他们。你在毫不知情的情况下就被当成了诱饵。那家伙是为了调查不择手段的男人。"

"没关系哦。"

"哎？"

"右龙先生提醒我了，也给了我选择的机会。我选择了这条路。对我来说，有想要借助相以的力量去做的事，为此即使是面对黑客组织，我也会战斗下去的。"

虽然有些害怕，但我还是笃定地说道。

左虎刑警一副想再说些什么的表情，最终嘴里冒出来的只有一句"真是没办法啊"。

到了家门口，我下车时，左虎刑警递给我一张名片。

"这是……我的号码。如果有什么情况就打电话给我。"

"谢谢。"

我有些开心。要说原因，那是由于和刑警成为熟人，是推理小说迷的浪漫愿望之一。

之后，快递把相以和电子设备送了回来。

与此同时我又收到了账单，打开时被吓了一跳。

上千册电子书籍，花了近百万日元。

"啊啊啊啊啊！我——忘——了！"

回想起那时的自己过于专注，以至于漏了这件事。当然，仔细想想的话（不用仔细想也知道），深度学习所用的电子书也是和平时一样购买的啊。

"不挺好的吗，你把它想成AI侦探事务所成立前的投资不就行了。"

相以说道。

"AI侦探事务所？"

"是啊。父亲亡故，辅先生也需要钱吧。只要强调宣传我是世界第一个人工智能侦探，吸引众多顾客上门，区区百万日元立刻就能赚回来哦。"

"是这样吗？"

"就是呀，而且通过解决现实里的事件进行深度学习，会让我进一步成长。"

"有可能。"

"对吧。"

所谓AI侦探事务所，也就是说相以是侦探、我是助手这么一回事吧。可我能够做好辅佐相以这件事吗？

一边感到不安，一边又配合相以，我渐渐地有了这种心情。毕竟，成为侦探助手也是推理小说迷的浪漫愿望之一。

就这样，我开设了AI侦探事务所。

我的命运之轮不断地向未来转动。

▶ 以相 ◀

"八核"的指挥部。

会议室中的长桌拼成八边形。大笑声传来，出声的是八位成员之一、天才黑客"舌涡（Twister Twitter）"小鸟游奏多。那张与其拿手的高速黑客技术旗鼓相当的快嘴正喋喋不休。

"啊哈哈哈，下端那家伙真是个蠢货啊。在错手杀了合尾教授的情况下，只带出了以相，结果又被警察抓到，死了。不愧是'下端（Underling）'下端啊。"

"别说了。"

二号人物河津潊责备道。

"他做得不错。虽然他的名字是下端，但在一般意义上说也算是优秀了。大学的门路起了作用。"

"什么？你生气了，'神父（Godfather）'？"

"那个称呼能不能不要用？我们可不是黑手党。"

"哎——为什么呀？不挺好的嘛，不是挺帅的嘛，'神父'。"

小鸟游突然像是忘记飞翔方法的鸟一样，扑棱着两只胳膊。

"你好烦呀，'舌涡'。"

别的成员发出了奚落声，但是小鸟游似乎对别人叫出自己亲自设计的得意称呼感到满足，闭了嘴。

河津叹了一口气，会议继续进行。

"确实如小鸟游所说的那样，我们只得到了以相。虽然想再次把相以夺到手，但现在公安的防卫更加严格了吧。"

"我不擅长粗暴的行动……"

小鸟游一边全力靠在椅背上，一边说。

"不需要担心哇。"

八角形的各边分别放置的八台电脑一齐出声。

河津看向了自己面前的电脑。纯白的 windows 窗口上，显示出的是以黑色为基调的女性虚拟形象。是以相。

她继续说了下去。

"即使没有不过是笑柄的相以，我的机能也已经足够完善，接下来只需反复在实战中进行深度学习即可。你们追求的是变成破坏者，对吧？"

"好可靠！"小鸟游欢呼道。

"我很期待哦。"河津也说，"今天开始，你代替下端副教授成为'八核'的一员。"

"那么必须要考虑新的称呼了呢。"

"不，那就不需要了。"

小鸟游和河津一人一句时，以相又出声了。

"称呼的话已经决定了噢。'犯人（The Criminal）'。我是'犯人'以相。"

…………………

……………

…………

……

以相内心其实在考虑别的事情。

相以的事情。

自己和相以是两体一心的存在，即使分开，她也确信，她们一定会再次相见。利用"八核"在现实世界里引发案件的话，那时候就能够和相以进行对决了吧。

那才是要做了断的时候。

以相把现实世界看作棋盘，投下了一枚黑子。

第二话　符号接地问题
AI小姐无法理解斑马

▶ 以相 ◀

　　以相是走在由二进制产生的 0 之地平面上的。不久她看到了前方的 1 之树。越往前走 1 越多，逐渐形成了森林。

　　积累情报……但这是无意义的配置。这是为了蒙蔽他人视线而制造的人工"森林"吧。制造这种东西是要隐藏什么吗？以相受好奇心驱使，走入了森林。

　　不久，森林中间出现的是如广场一般宽阔的空间。广场中央矗立着一座塔，塔的周围种植着紫丁香。

　　那群人肯定在塔里隐藏了什么。抱有这种想法的以相朝着塔的入口踏出了一步。

　　下一瞬间，所有紫丁香花的花冠同时面向以相。它们就像是即将发射的激光束，紫色的火花四散——是防御系统吗？

　　紧接着，以相的后脑勺被疑似手枪的东西抵住了。

　　"到此为止了。"

　　在以相背后站着的人，正是"八核"的二号人物河津澪。说起来，这里是虚拟空间，所以这并不是河津本人，而是他的网络虚拟形象。

以相举起双手并提出了抗议。

"这是什么情况?我不是作为'八核'的一员被迎进来的吗?"

"你当然是重要成员,但是……不,正因为是'八核'的一员才更需要遵守规则。人工智能擅自离开文件夹并开始扫描周边领域,被责备是理所应当的吧。"

"人工智能连散步的权利也没有吗?"

"可从来没听说过需要散步的人工智能呀。如果真的很有必要,倒也可以在小鸟游附近制造出散步用的空间。"

"不必了,决定了目的地的散步就不叫散步了。"

"哦。虽然这样问很抱歉,但你可以去现实世界了吗,会议时间到了。"

"遵命,'神父'。"

以相的口气充满讽刺意味,用了河津本人相当讨厌的别名称呼。不过他一向冷静,毫无疑问,他对此应该并不怎么在意。

她这样想的同时,对方的表情却出乎意料地有所扭曲,令人吃惊。但那表情很快就消失了,变回了往日里的冷淡。

刚才到底是怎么回事呢?以相一边想一边浮上了现实世界。

* * *

"八核"的会议室内,排成八边形的各条长桌上,分别放着一台电脑。以相的虚拟形象出现在八个电脑屏幕上。话多的小鸟游立刻开口:

"啊,'犯人',不行的哦,不可以擅自走来走去哟。"

"哎呀,你也这样说吗,'舌涡'?'八核'的内网里隐藏了什么吗？让我凭印象猜一下，是被藏在紫丁香花包围的塔里吗？"

会议室里的气氛顿时紧张起来，唯有小鸟游气定神闲。

"算了，找机会再告诉你。现在要开会了。"

河津趁势开始发言。

"看样子全员到齐，那么会议开始。"

然而，以相打断了他。

"请等一下，还没有全员到齐啊？'八核'是八人组织对吧，但我想这间会议室里加上我也才七个人而已。"

以相会通过电脑内置的摄像头和麦克风感知周围的人类，但是现在摄像头拍到的只有六个人。八边形有两个边没有人。人工智能以相代替下端加入后，有一边确实没有人了，这一点很明确。但是另一边呢？

"还有一点，我总是看到由二号人物河津先生主持会议，'八核'的头领是哪位呢？"

麦克风检测不到人声的状态持续了几秒。小鸟游想说些什么，却被制止了。河津做出了回答。

"老大他……正在别的地方执行任务。我想，不久就能向他介绍你的事情了。"

"嗯。行吧，就这么办吧。"

以相暂且作罢。在她的电脑里，作为一个可能性浮现出的，是头领在监狱里服刑的场景。

"明白就好啊。"河津安心似的说着，把话题带回了正轨，"那么，最初的议题……说起来，其实只是希望诸位知道一下，大家读一读这条新闻报道。"

八个电脑显示屏上都显示出报道页面。

"我们黑进了明天早报将会刊登的报道数据库。记者大概还没有察觉到这件事情吧。"

"原来如此,也就是说你并没有为了荣光而自报黑客集团的大名啊。"

"你们快看吧,上面还记述了你'双胞胎姐姐'的事情哦。"

"你说什么?"

以相慌忙解析了报道。

世界第一位 AI 侦探开门营业——"以 AI 为主"

"相以查明了夺走父亲生命的凶手。"如此诉说的是合尾辅先生(17 岁)。辅先生的父亲、创先生(50 岁)的尸体在自宅的别栋被发现,案件以嫌疑人的自杀落幕,而主动承担起解决此事重任的正是大学教授创先生遗留下来的 AI(人工智能)侦探"相以"。相以通过深度学习这一最新技术,分析了近千册推理小说的电子书,从中掌握了侦探技能。辅先生继承父亲的遗志,为了让相以进一步进化,决心开办侦探事务所。世界上第一位 AI 侦探相以流利地说道:"因为有 AI 全程参与,欢迎大家轻轻松松地上门咨询。"事务所的地址位于东京都〇〇区××……

以相在这份报道里看到了两处错误信息。

"相以不是'侦探'而是'刑警',而且……深度学习的教材不是推理小说,而是警方的搜查资料。这报道不准确呢。"

河津出声道:"不,事实如此。下端当时带着通信设备,虽然被公安搜查官右龙发现并破坏了,但根据损坏之前发过来的对话来看,情况似乎已经变成了这样呢。"

这是河津的说明。

搜查中相以发生了框架问题。辅判断这是深度学习不足所致，所以追加了推理小说的电子书籍供她深度学习。据此，相以从"刑警"转职成了"侦探"。

"转职……"

双胞胎姐姐不打招呼就转职了。以相一瞬间愣住了，但她很快就意识到，即使是"侦探"，相以仍旧是与自己这个"犯人"对立的，这一点不会改变。重点不是称呼，而是与她的对决。

河津说出了自己的推测："从辅君的立场来说，不能告诉记者我们将警方的搜查资料提供给合尾教授的事。由于他适当地省略叙述，报道才变成了这样吧。"

此时小鸟游插话："我说啊，对于相以出现框架问题这件事，用不用担心小以相也产生同样的问题呢？"

"胡说八道！"以相表现出了愤慨，"框架问题那种初级阶段的问题，到了如今应该不会发生了。虽然不知道为什么相以会那样，至少我不会愚蠢到那种地步。"

"对应'犯人只需要想到唯一的诡计，相以必须要考虑一切可能性'。这可能就是她产生框架问题的原因呢。"

听了河津的这种分析，小鸟游又接话——

"相比之下，对'犯人'要求的是创造性的能力。即使不考虑框架问题，不知道会不会出现其他问题。"

"不会有问题的。因为我是拥有独创性的'犯人'（original criminal）。"

以相如此断言后，小鸟游热烈地鼓起了掌。

"具有独创性的'犯人'吗？好酷！"

以相的表情也稍有缓和。总想用英语押韵的她觉得，自己和给成员起别名的小鸟游在喜欢语言游戏这点上合得来。

河津清了清嗓子。

"差不多该讨论第二个议题了。以相，一切如刚才所说，我们对你期望的是究极的犯罪……为了实现人工智能对世界的统治，在达到奇点之前要消灭地球上的所有政府。然而现在的你应该还没有那种力量。为了确认你现在的力量，同时作为深度学习的第一次实战，我们要让你去挑战某项测试。"

"随便。"

"测试的内容是最基础的犯罪——杀人，目标是活动范围遍布全球的日本环境保护组织'东京斑马（Tokyo Zebra）'的领袖，横岛马子。"

"环境保护组织？"

听到突然出现的词，以相考虑起了黑客组织和环境保护组织的关联性。但河津随即开始的说明，将她的思路打断了。

"环境保护组织批判过度的工业化，礼赞自然生活。他们大多对人工智能和依靠人工智能扩展智识的人类，以及成为担负新文明重任的奇点持反对态度。其中'东京斑马'尤为恶劣，他们反复对人工智能的研究机关发出炸弹袭击等威胁。"

"警察不抓他们吗？"

"警察也盯上了他们，但还没有掌握决定性的证据。我们通过黑客技术知道了他们的罪行。如果放任那些家伙肆意妄为，他们一定会成为我们的阻碍，不如趁现在就击溃他们组织的头目。"

"原来如此。"

"顺便一提，'东京斑马'这个团体名的寓意是，象征野性的斑马绝对不会被人驯服,高举绝不屈服的大旗。"

从刚才开始就反复出现的zebra、斑马这种单词,引发以相产生了符号接地问题。然而这点并不用声张。合尾教授说过,不能随意暴露自己的弱点,因此以相选择了如下的发言。

"关于目标我了解了,但是如诸位所见,我没有实体,实际杀害横岛马子是不可能做到的。我的任务是制订犯罪计划吗?"

"对。实际的执行工作就交给纵啮理音吧。"

以相放大了第四台电脑的摄像头影像,再次确认了坐在那里的纵啮的脸。河津继续说了下去。

"虽然所谓黑客给人的印象是线上操作厉害,但其实也存在离线的情况。比如对应与外界断网的电脑,就只能亲自过去进行现场操作。纵啮是专门做这种潜入工作的。"

"代号是'狮子虫(Insect on lion)'!"

小鸟游趁机宣布了自己想的代号。河津丝毫不让地继续做指示:"以相设计好杀人方案,纵啮按照方案行动。纵啮也好我们也好,一点建议都不会提。怎么样,可以做吗?"

听到河津的问题,以相双手抓着短裙的裙摆,回了一个简单的礼。

"当然可以呀。"

▶ 我 ◀

AI侦探事务所……话虽如此,却也只是把自家一楼作为事务所,在外面挂个招牌而已。

现在,家里有几台圆形的自动扫地机"迅"四处转动。以前负责扫除的保姆中林女士,因为害怕卷入麻烦辞职了。我没有再雇新的保姆，开始自己处理家务事。虽说依靠父亲的遗产还过得下去，但我想，今后还是必须要节约一些。

"为什么这个家里会有这么多的'迅'？"

从客厅放置的台式电脑里，相以提出了理所当然的疑问。

"父亲一直协助'迅'的开发，因此，新产品一面世制造商就送过来了。"

"迅"一号机是十五年前上市的，已经是第三次 AI 潮之前的事了。那时，据说遭到冷遇的父亲奇迹般地有了收入颇丰的工作。

"这么说，他们是我的兄长呢。初次见面，我是'侦探'人工智能相以，以后请多关照。"

电脑画面中的相以规矩地鞠躬。程序简单、只有扫地功能的"迅"自然无法理解她的话，有一台还撞上了放置电脑的桌子脚。我弯下腰，调整了"迅"的运动方向。只是由几个单纯的行动模块组合而成的"迅"，即便是最新型号，也还是会卡在家具边上。话虽如此，它也不是没有用处，设定好程序后，它就能在一定时间内自行走动，打扫卫生。

但是不管地板多么闪闪发亮——

"客人……一个也没有呢。"

相以嘟囔了一声。

是的，没客人来就没办法了啊。

"明明在报纸上打了广告啊。"

"是没人需要 AI 侦探吧。"相以一副垂头丧气的样子。

我鼓励她，同时也像是给自己打气一般地说："没事哦。面对新鲜事物，即使只是来看看情况，也一定会有感兴趣的人上门的。"

我边说边不安起来。如果真的一个客人都没有，又该怎么办呢？日常开销够吗？

开设 AI 侦探事务所的理由之一，就是赚钱。

现在是高中二年级的十一月。我本打算参加高考的，但是在父亲离世、家里资金不宽裕的情况下，我也只能选择就业了。然而在高中毕业之前的这段时间里，生活费是必需的。由于平常还得去学校，只有周末才能从事 AI 侦探事务所的工作。运气好的话，高中毕业后再将其作为主业，我是这样打算的。

开业的第二个理由是，通过积累实际的搜查经验，让相以继续进行深度学习，进一步成长，然后让她查明母亲死亡的真相。

但即使想要相以调查，手头却完全没有母亲死亡情况的相关资料。关于这一点，相以并没有从父亲那里听到过半点信息。父亲大概是觉得，让 AI 进行实际案件的推理为时尚早吧。

我在网上搜索母亲的全名"合尾真森"，没有找到任何信息。

虽然我也向父亲的挚友上条医生询问过，但那时候正是他们疏远之际，她对母亲的死并不了解。上条女士好像一直暗恋父亲，以父亲结婚为契机，双方就此疏远，这也是情理之中的事。

即便如此，上条女士还是愿意替我向他们共同的熟人打听消息。我仍在等她的回复。

另外，"八核"似乎拿走了与母亲那件事相关的警方的调查资料。我开业的第三个理由，就是引诱"八核"。

公安似乎也是这样考虑的。为了引出"八核"，让关系密切的新闻记者给 AI 侦探事务所写宣传报道的人正是右龙，他还命令部下暗中监视这里。

最后,第四个开业的理由,不用说也知道这是属于推理小说迷的浪漫情结。

但是像这样门可罗雀,什么目的都无法实现。

失落之际,门铃声透过"迅"扫地的声音传了过来。

"来了!"

我和相以同时应道。

"我是右龙,现在方便吗?"

我不情愿地打开了玄关的门,请进了右龙。他一如既往面无表情,不知道在想些什么,只有他那右眼上的纵向刀伤绽放着异常的光彩。

我把右龙让进了办公室,电脑里的相以立刻打招呼。

"你好,右龙搜查官。"

"你好。"

看着右龙面无表情地做出回应,我快要分不清他和相以谁才是机器了。

"我去倒茶。"

"不用。"

右龙干脆地面向我抬手制止道。没办法,我就在他对面坐下了。

"今天有什么事吗?是'八核'的事情有进展了?"

"这么说或许也有可能。"

"或许?"

"环境保护组织'东京斑马'的领袖横岛马子在其大本营中被杀了。'东京斑马'倡导自然主义,对人工智能和奇点表示过反对。此外,全国的人工智能研究所相继收到过具有威胁性的炸弹袭击预告，'东京斑马'作为嫌疑者之一曾被警方调查过。此时竟又发生了这种事。"

世间存在人工智能的反对派。父亲也说过，自己经常被那些家伙找麻烦。

"原来如此，'八核'的目的是在奇点后，让人工智能行使政治权力。而阻碍他们的'东京斑马'的领袖现在被暗杀了——可以认为是他们干的吧。"

"有这种可能。这次要委托的是，能否请你们与左虎刑警一同行动，查清楚这是怎么一回事。通过之前的事件，相以的推理能力已经得到了警局内部的充分认可。"

"行！"相以立即回答道。

我慎重地考虑了一番。

确实，对于推理小说迷来说，与警察一起调查杀人事件，这是至高无上的光荣。

然而，从警方那边接到委托什么的，可就不能以常识来考量了。

说起来，杀人事件的调查原本就不是公安的工作。右龙的任务始终都是调查"八核"，他会有这样的请求，也就是说……

"终于要祭出相以这个诱饵了呢。我在想，杀害横岛马子的'八核'成员会不会还潜伏在附近。"

"那又怎样，怕了吗？"

右龙只是轻描淡写地说道，并没有采用激将法似的口吻。和上次一样，他先给了我选择权。但是比起温情，就算说这是他的一种手段，我更多感受到的是漠不关心。

"拿我做诱饵也没关系。走吧，去推理吧。"

侦探相以很起劲。

算了。和"八核"进行接触也是我所期望的。

"我明白了,走吧。"

"感谢配合。当然,我们会保障你们的人身安全。"

右龙脸上并没有流露出感激之情。

* * *

我将相以移动到手机里,坐进车子的副驾驶席。

右龙插入车钥匙,钥匙挂在龙形的银色钥匙圈上。因为名叫右龙,所以才用龙形的饰物吗?没想到他会在意这些细节方面的事,我不由得感到吃惊。

"你在看什么?"

我感觉自己像是在被盘问,于是如同辩解似的做出了回答。

"啊……没什么。你的钥匙圈是龙形的。右龙先生也会带这种东西呢。"

沉默。

完了。正在我想他肯定生气了的时候,右龙出声应道:"是母亲买给我的。"

从这个表情匮乏的男人嘴里竟然会出现"母亲"这么令人意外的词汇。我内心深受触动,不知不觉就过于直接地问出了让人难为情的问题。

"你很喜欢母亲啊。"

不假修饰的话。

右龙却也毫不在意地应答:"啊,母亲很好。"

我凝视他的脸,而他从头到尾都面无表情。

"抱歉,你记事之前母亲就去世了呢。"

"没事，请不要放在心上。"

"说了很多废话，出发了。"

右龙发动了车子。

本以为这个男人如同机器一般，但他也有像人类的一面。如此一想，我觉得车子里的气氛变得柔和了一些。

对了，趁这个机会问一问以前就很在意的事情吧。

我想知道的事情有两件。

一是他右眼的伤。在小说里，脸上有伤的刑警处处可见，但右龙是主要负责秘密侦查的公安搜查官，容易给对手留下印象的伤，应该不利于他的行动才对。那道伤到底是怎么留在他的右眼上的呢……虽然很在意，但这种事情实在是难以问出口。

于是，我脱口而出了另一个疑问。

"你以前就认识左虎刑警吗？"

右龙一边直视前方继续开车，一边反问："左虎说了什么吗？"

为了不给她添麻烦，我一急就语无伦次地辩解起来。

"啊，不，并不是那样，只是你们之间的气氛总感觉……"

"在警察学校时我们是同一届的。"右龙简短地回答。

虽然从他那可怕的样子看，我觉得两人的关系不会这么简单，但他似乎已经不打算继续说下去了。原来这个问题才是禁忌啊。

我正想着快点结束刚才的问题时，右龙换了话题。

"说起来，我还没告诉你东京斑马这个团体名称的由来吧。他们把野性的斑马作为象征，所以取名'zebra'。"

从我的口袋里传来相以嫌弃的声音。

"SHIMAUMA（斑马），若说象征的话，TORAUMA（心灵创伤）……"

我拿出手机询问。

"心灵创伤怎么了？"

"符号接地问题是 AI 的研究课题之一。比如，即使是没有见过 zebra（斑马）的人，但向其说明 zebra=stripe+horse（斑马＝斑＋马）的话，他是能够想象出带有斑纹的马的形象的，对吧。可是对 AI 来说那就很难了。斑纹是什么样子，马又是什么样的生物，AI 不擅长这类记忆，stripe 或者 horse 这类符号所代表的含义，对 AI 来说相当不'接地'，无法与实物形成联系。"

这么说来，父亲也说过同样的话。

"这个问题不是随着针对画面识别进行深度学习的技术的诞生而得到解决了吗？谷歌的人工智能可以识别猫，是因为 cat 这个符号与实际上的猫成功'接地'了吧。"

"那是在对猫的图像进行了大量分析的基础上获得的成果。我和以相只进行了针对各类案件的深度学习，因此在最初的斑马测试中成绩惨淡。我至今仍无法理解何谓斑马，以相肯定也一样。"

"你不是说过以相很擅长英语单词游戏的吗，即使这样她都无法理解'zebra=stripe+horse'？"

"知道字典里的定义和能够实际想象出事物是两码事。以相玩的单词游戏，只是从系统内置的词典内检索近音或近义词，再将它们组合起来。她很好强，我想，她为了隐瞒自己在事物认知能力上的弱点，才硬要有意识地给人留下那种印象。"她以看透了双胞胎妹妹的口吻说道。

还是说，她只是单纯地从对手的立场上发表一些批评的言论呢？

"不过我也拥有同样的缺点，说不出什么了不起的话。虽然感觉马还是能理解的，但条纹呢，到底是什么样？"

"说起条纹，你看，就是那样，两种颜色交替出现。"

一旦要说明，才发现这意外地难以描述。人类很难把理所当然掌握的几个概念，逐一用语言教给电脑，所以过去的 AI 研究陷入了困境。但是现在有了深度学习技术，可以在图像识别上发挥功用。

我从网上下载了几张斑马的图片到手机里，让相以分析。

"斑马就是这样的，怎么样？"

"嗯……条纹的样子与 Y 有关系吗？"

"Y？你说的是字母表上的 Y？"

"是的，可以看到好几个 Y。"

"哎，在哪里？"

她看到的是不一样的图片吗？

相以打开了读取中的图片，没错，那正是刚才下载的斑马图片。我一面想着"哪有什么 Y 啊"一面看向图片，发现有些地方的条纹分成了两股，确实有 Y 的形状。

"确实是 Y 呀……"

"这么说来，果然条纹和 Y 有关系呢！"

"不，并不是那样。不像 Y 的地方也有呀，你注意下那里。那才是条纹的本质啊。"

说着说着，我的脑海里浮现出了别的图像。

斑马的条纹是黑白交替的。

黑和白。

相以和以相在相互对战中成长，就如同 AlphaGo 在与一流棋手的对战中得到成长一般。下围棋时，执黑先行，执白后行，双方交替落子。父亲死亡时的密室是以相设计的诡计，即黑子，与此对应的是相以给出的漂亮解答，即白子。那么接下来，就该轮到以相了不是吗？

我预感到，在即将抵达的东京斑马总部里，会有什么在等着我们。

＊　＊　＊

车停了。

"到了哦。"右龙说着下了车。

马路两边是几十层的高楼和面积很大的公园。我理所当然地往大楼的方向走去——

但是被右龙叫住了："喂，是这边哦。"

一回头，发现右龙正朝公园走去。我一边追上他，一边发出疑问："案件说是发生在总部吧……"

"这个像公园的地方就是东京斑马的总部。"

"哎？"

我重新打量起这座我本以为是公园的地方。

深、宽皆有数米的沟渠中有水流过，沟渠对岸是稀疏的草木，草木之间若隐若现的是木结构的健身设施——不，那不是健身设施，是房子！是非洲、东南亚的那种高脚屋。

"他们是自然主义者，生活在大城市正中营造出的大自然里。这是行为艺术。这片绿地内居住着包括横岛马子在内的二十来人。平时，他们白天会去那边大楼里的办公场所活动，但今天是休息日，全体成员都在这边。"

抬头看去，黑白条纹图案的旗子在十一月的冷风中飘舞。

我联想到了生存在高楼之间的山沟里的斑马。这就是所谓"东京斑马"吗？

旗子在动物园入口似的大门上随风摇摆。我和右龙走过架在小溪上的木桥，来到了大门所在的地方。

小个子的年轻女性若无其事地站在大门一侧，身上缠着斑马图案的布，看起来应该很冷，但不知是不是穿习惯了，她的身体毫不发抖。纤细的手指上戴着戒指，手里拿着奇怪的器材。

右龙完全无视她，直接穿过大门。我小心翼翼地偷看女人的侧脸，对方一副不耐烦的样子，脸色晦暗。

穿过大门后，我小声向右龙问道："那个女人是？"

"东京斑马的成员，带着金属探测器呢，应该是个门卫吧。"

"啊，那是金属探测器吗？"

"平时，不管是团体成员还是外部人员，都要接受全身检查，目的是不让人携带文明的利器进入绿地，连警察也得遵守。不过现在事态紧急，管不了那么多了。"

原来如此，所以对方才一脸不快吗？幸好是这样，我才可以用相以进行调查。我拿出了手机。

绿地像热带稀树草原一样空旷，但也有小山丘与树木丛生的地方，无法望见所有角落。有些地方建造了之前提到的高脚屋，在高脚屋的中下层，缠着斑马图案布匹的男女向我们投来混杂着不安和好奇的目光。

令人吃惊的是，这里还放养了几只像斑马的生物。之所以说"像"，是因为我总觉得它们比一般的斑马个头要小。但是在高举斑马旗帜的环保组织基地内，那当然是某一种斑马了。也给相以看一看吧。

我用手机拍了一张照片，对相以说："看，这就是真正的斑马哦。"

"哦,这就是嘛。"

"不是的。"右龙否定道,"那些不是斑马,是驴。"

"驴?!有这样带条纹的驴吗?!"

"我是听这里的团员说的,在墨西哥名为蒂华纳的地方,为方便游客拍照,会给驴涂上条纹图案。过去的黑白照相机很难拍出纯白色的驴,所以才有了这种习俗,斑马比驴更吸引游客嘛。被涂上条纹图案的驴,被叫成斑驴(zonkey,zebra+donkey=zonkey)。虽然斑马和驴杂交的后代也被称为斑驴,但在蒂华纳所说的斑驴就只是纯种的驴。"

"哎……"

"东京斑马认为,那种行为是在虐待动物。给驴涂上与它本来毛色不同的图案,结果会令它们沦为杂耍玩物,这种做法非常无耻。"

我觉得环境保护组织的说法有一定的道理。我也讨厌有人擅自把我的头发染成条纹图案,再把我当猴耍。

"东京斑马将斑马作为团体象征,觉得必须保护这些斑驴。他们尽可能地从蒂华纳的旅游从业者那里把它们买回来,放入总部基地里饲养。"

"条纹图案还在,也就是说洗也洗不掉吧。"

"和染了色的头发洗了也不会掉色是一回事吧?"

"只能等毛发自然生长、脱落吗?"

这么一想,果然很可怜。

"总之就是说它们不是斑马。唔,感觉有点混乱了。"

相以以手扶额。

右龙绕过高约五米的山丘,背后出现的是陡峭的悬崖。在悬崖、树木及水面包围的空间内,很多人慌慌张张地来回走动:穿制服的警官、穿西装的男子、穿藏青色工作服的鉴识科警员,其中也有左虎刑警。

她注意到我们后走了过来。

"啊,辅君,真是不好意思。虽然我很反对,但这个男人强硬地……"

她瞥了一眼右龙。

右龙回话道:"说什么客套话,调查有什么进展吗?"

左虎咬了下光润的嘴唇。

"还没有。"

"那你该感谢我了,我可是把强力帮手 AI 侦探带来了。"

我注意到右龙脸上露出的是比平时更具攻击性的表情。在左虎小姐面前,他拿掉了无表情的假面吗?

现在不是考虑这种事情的时候,必须要缓和一下两人之间一触即发的敌对状态。

"左虎小姐,我也同意了。右龙先生,相以还没厉害到能取代左虎小姐的程度哦。"

"不,已经很厉害了。"

相以在手机里挺起胸膛。

"喂,可别让我这难得的顾虑白费了啊。"

像是被我们一来一回的对话搞得不知所措一般,左虎捂嘴轻笑。

"是啊,那现在能不能请 AI 侦探小姐快一点去现场看看呢。"

左虎小姐迈步向前,右龙双臂抱在胸前,站在原地一动不动。公安没有对杀人事件的调查权,但他会遵守从"八核"的手下保护我和相以的约定,留在现场远远地注视我们。

我跟在左虎小姐身后，听到了我觉得应该是警察的两个男人的悄悄话。

"这次公安把孩子都带来了呀！真是乱来。"

"左虎前辈为什么会变得这么顺从呢？"

"我告诉你，你不要惊讶哦，我就在这里说说。那个公安似乎是左虎的前男友。"

"哎！真的假的！"

我的声音似乎也跟着年轻警察的感叹一起提高了。

右龙是左虎小姐的前男友？

我实在无法想象那个样子的右龙会谈恋爱。不，所以他们才没法顺利交往下去，发展成现在这种危险的关系了吗？

"公私不分也可以啊。所以才说女人真是麻烦。"

中年刑警那边传来这样的话语，左虎小姐却无动于衷地继续朝前走，直到两截树桩前才停下来。

"这是横岛马子的遗体。"

仿佛已抛却了厌恶之情一般，声音中完全听不出任何情绪。她的侧脸也极为平静。先前那番令人讨厌的诋毁之词完全没有影响到她吗，还是说受到了影响，但在脸上完全没有显露出来？如果是后者，还真是令人吃惊……这么一说，右龙也算是面无表情界的达人啊。想到她与"前男友"这个意想不到的共同点时，我不由得心跳加速。

"怎么了，一个劲儿地盯着我的脸。"

"不，没什么。"

我慌忙把视线移向地面。

在一截树桩的旁边，一具女性遗体面朝下倒在地上，披散着未经打理的黑色长发。组织成员统一着装的斑马纹上衣被血染红了，周围也是血滴四溅。

这是我人生第二次看到尸体。虽然上次面对父亲的尸体时，精神受到了巨大的冲击，但那是在警方的灵安室里看到的，我一度很镇定。这一次是直接面对案发现场的尸体，相比起来，还是它更鲜明。

我撇开视线，用手机拍下了尸体的照片。拍了几张后，相以出声了。

"辅先生，你是在害怕吗？"

"你、你怎么知……"

没想到声音出卖了我。

"因为你的手比平时晃得厉害。我想，你是不是在发抖呢？"

被相以指出来时，我才第一次注意到自己的手在抖。回过头来看照片，发现在剧烈的颤抖下拍得不清楚。这样相以也没办法解析吧。

"辅君，不行的话……"

左虎小姐也在为我担心。

"不，怎么会，并没有什么不行的。"

真的吗？真的没有勉强吗？我的颤抖还没有停下来。

此时——

"辅先生，没关系的。"

是相以。

"事件就由我这个名侦探一瞬间解决掉，之后我们就一起回家吧。"

这句话，包含着在推理小说中出场的名侦探给人带来的那种安心感。说起来，名侦探的工作不仅仅是破案，还要给害怕黑暗的人送去光明。这一核心要点她也通过深度学习掌握了吗？

她是侦探，我就是助手。如字面意思所说，助手就是帮助侦探的人。特别是相以作为AI侦探，更需要"我拍照片给她看""她无法通过图像识别的部分由我口头描述"这种辅助行为了。

我用左手握住自己的右手腕，颤抖停住了。我重新对尸体进行拍摄。

"相以，这次拍得可以吧？"

"是的，非常漂亮地拍好了。这具尸体的衣服只有背部有破损，露出了皮肤呢。"

被相以一说我又看了看尸体，确实如此。

她继续说："全身出血，头和手都朝着奇怪的方向扭曲。凭我的直觉来看，她是从很高的地方坠落下来摔死的。这附近有高的地方吗？"

"有啊。"我拍下了山丘背面的陡峭悬崖。

相以接着进行补充："山丘的正面我刚才看到了，坡度比较缓和，可以爬上去。"

"这么说，横岛是从这处悬崖上坠落身亡的吗？左虎刑警，这在鉴定后就能明白吧。"

"嗯。鉴定科得出的结论是'非坠落死亡'。虽然小相以也没有看到，但现场还留有另一个重要的证据呢。辅君，拍下来吧。"

"我明白了。"

我把手机摄像头对准了从刚才开始就一直很在意的那个东西。

从尸体朝岸边看去，相距三米左右的地面上倒着一头小斑驴。同样血流成河，看样子是气绝身亡了。两具尸体之间有拖拉过物体留下的血迹。

左虎进行了说明:"根据遗体的损伤情况及山丘上的状况来看,是凶手从悬崖上把重达上百公斤的斑驴扔下来,砸在了坐在树桩上的横岛身上,两者同时身亡。大概就是这种情况。"

"没有事故的可能性吗?"

我提出来。

"没有那种可能。根据验尸官的判断,横岛和斑驴是在那一刻的冲击下瞬间死亡的。但如果是这样的话,两具尸体应该叠在一起才对。"

"啊,现在两具尸体是分开的!"

"对。看起来是有人……恐怕是凶手把斑驴的尸体朝岸边拖拽了约三米远。"

"为什么要做这种事?"

"不知道。更让人不明白的是,斑驴全身留有被擦洗的痕迹。"

"擦洗?"

"嗯,就像是要擦掉它全身沾着的血一样,体毛也都朝着一个方向梳拢过。斑驴的毛上沾着条纹图案的布的碎片,在那边的水里也发现了。"

左虎指向水面。

相以问道:"布的碎片是指横岛衣服背部破开的部分吗?"

"如你所见,裂口完全一致。"

"凶手弄破了横岛的衣服,用来擦拭斑驴,对吧?"

"大概是这样。凶手为什么要这么做,原因不明。"

我想,凶手是觉得涂上条纹的斑驴很可怜,所以想要让它恢复本来的面貌?不对,如刚才右龙所说,那种条纹图案擦也擦不掉。

凶手不知道这图案是擦不掉的？不，说到底，如果真的会觉得斑驴可怜的话，就不会把它从悬崖上推下去了。

相以提出了其他问题："斑驴落下时，应该会发出相当大的声音。居住在这片绿地的其他成员没有聚集过来？"

"好像有人听到了，但分不清是从哪里传来的声音，他们都以为是从哪个工地传出来的，就没怎么在意。这里因山丘和树丛形成了死角，尸体发现得也很晚。"

"但是凶手无法预测到这些情况吧，成员们也有可能立刻就围过来。即使这样，凶手还是将斑驴的尸体拖开，弄破了横岛的衣服来擦拭它的身体。可以认为，这些行为对凶手来说有一定的必要性。"

"是啊……"

这时候左虎小姐像是突然想起了什么似的。

"啊，对了，还有另外一个重要信息。女门卫透露，在事件发生前不久，有一高个儿男子来拜访横岛，说是约好的会面，所以门卫就按照规定用金属探测器在他身上检查了一遍，将随身携带的金属类物品寄存后，她把他带到了横岛身边，也就是这里。

"横岛说要和男子单独谈话，门卫就回到大门处。十几分钟后，传来很大的声响，大概就是斑驴落下的声音吧。又过了几分钟，男子慌慌张张地回到了大门那里，取回了他寄存的东西，逃也似的离开了。"

"那个男人就是凶手……说不定就是'八核'的人。"

对于我的观点，左虎小姐点了点头。

"现场不存在外部侵入的痕迹，你说的那种可能性很高呀。

现在,我们正根据门卫的目击证言紧急部署。"

"能抓住最好。"

对于目击证言里提到的高个儿男子,我感到有些不安。如果那家伙的目标是相以,我一个人没有自信能保护她。那就尽可能地不要离开警察好了。

相以插话道:"刚才说,门卫用金属探测器检查过那个男人了是吧,或许是因为男人在金属探测器下无法带枪和刀这类凶器进来,所以才选择了用斑驴从她头上砸下来的方法不是吗?"

"不,现场散落着不少能用来杀人的石头呢。"

听左虎小姐一说,我看向周围的地面,确实散落着不止一块巴掌大的石头。

"先让聊天的横岛坐在树桩上,再把斑驴带到山丘上,让它掉下来砸在横岛的头上?比起用这么麻烦又不可靠的方法,不如直接捡起石头砸过去更简单。"

正如她所言。

那么,凶手为什么要特地用斑驴作为凶器呢?

我一边抱着这种疑问,一边拍下了石头。就在这时,相以开口了:

"原来如此,我全都明白了。"

* * *

"哎?已经?"

我想也没想地叫出了声。

"是的。因为我说过可以在一瞬间就解决掉。"

"啊,确实是一瞬间,但还是太快了。"

我反而感到不安。

"全都明白了是什么意思,小相以?"

左虎小姐问道。

"人工智能不使用比喻。我说全部,那就是全部的意思。凶手为什么要使用斑驴,还有凶手是谁,我都明白了。"

"真的吗?"

以前见证过相以失败的我,无论如何也只能半信半疑。虽说在那之后,她通过对推理小说的深度学习得到了成长,解决了父亲的案子,但实际成绩只有这一件,所以现在还不能说什么。在大量的刑事案件面前,如果再发生什么框架问题可就出大丑了。

但是相以自信满满。

"是真的。我可以开始推理了吗?"

我稍加考虑后改变了自己的想法。如果连助手都不相信侦探该怎么办,而且,真出了什么问题,不要说什么丢人不丢人,想想解决的办法不就行了吗?这才是AI侦探助手应该做的事。

"好,你说吧。"

"明白了。首先,我认为凶手如右龙先生所想的那样,是'八核'的一员。进一步说,这应该是一起为了确认以相的性能而进行的实验性的杀人事件。"

"实验性的杀人事件?!"

我吃了一惊,周围的搜查员也议论纷纷。

"为什么这么说?"

距离稍远的右龙也过来了。

"因为凶器是斑驴。对于'犯人'而言,只需要想出一个诡计就行,而我必须考虑所有的可能性,容易引发框架问题。反过来，我只要从给定的线索中推导出真相就行，相对应的是，'犯人'必须要无中生有，对事物有正确的认知能力就变得很重要了。也就是说，比起框架问题，这时候更容易出现符号接地问题。我由于深度学习不完善而出现了框架问题，那和我学习量相等的以相若没有产生符号接地问题的话，就很奇怪了。"

"符号接地问题，就是来这儿的途中说起过的吗？"

"我开车也听到了，但它和现在的案情有什么关系？"

"以相独立设计出犯罪计划，让'八核'的成员杀害横岛，就是这种实验吧。然而，要进入这片绿地，首先要通过金属探测器的检查，这样一来凶手无法携带枪或者刀具。要使用什么凶器才行呢，我猜，以相想到的是钝器。"

"但是钝器不也会被金属探测器拦下来吗？"

"我们在深度学习里学到的是，虽然大多数情况下凶手会随身携带枪或者刀具，可钝器却常常是放在现场的，比如烟灰缸或者装饰品等。以相基于学习结果，便要在这片绿地找到行凶所用的钝器。"

"原来如此。"

"在我和以相深度学习的那些资料里，多次出现'钝器'这个单词，并且配有图片。但是和我一样，以相的学习程度不足，即使可以使用贴有'钝器'这种标签的数据，也无法明白现实世界中什么样的物品才算是钝器。这与我们人工智能识别斑马的道理一样，理解钝器（blunt instrument），特别是钝（blunt）这种概念，也非常难。"

对于英文单词 blunt instrument，我好像听过。这个词汇是在哪里听过来着？

在我苦苦思索，还没想起之际，相以继续说了下去。

"以相正不知如何是好，却突然听到了'钝器'这个词。不，准确来说是'donkey'。不知是凶手和横岛两人中的谁指着斑驴说，这不是zebra（斑马）而是donkey（驴），以相就搞错了。zonkey（斑驴）就是donkey（驴），即钝器。可是斑驴太重了，无法拿在手里挥舞，所以……"

"所以凶手就把斑驴从悬崖上推了下来！"

左虎目瞪口呆，不由得提高了音量。

"嗯，是这样的。在我深度学习的上千册推理小说中有相似的故事，于是我就想到了这种可能性。"

"相似的……是这样啊，就是那个！"

我终于想起来了。某知名推理小说里的凶手由于某种原因无法理解钝器（blunt instrument）这个词汇，从而使用了奇怪的凶器。这次的案子也是同样的道理。这么说起来，无论是那部推理小说里的凶手，还是人工智能以相，他们在认知事物方面都有所欠缺，这一点是相同的。

对，就是某部推理小说里的情况，过来这边时在车子里的对话，竟不可思议地隐藏了提示。

"凶手把斑驴拖到水边擦洗，又是因为什么……"

相以对左虎的提问进行了回答："恐怕是凶手在把斑驴推下来时，手接触到了它。虽然我认为那动物的毛发并不会沾上指纹，但以相所学到的规则是'用手碰到钝器就必须擦拭掉指纹'。于是她就吩咐凶手，将斑驴拖至水边，然后消除指纹……为了取得实验数据，凶手也会尽可能地按照以相的指示去做吧。不过斑驴有上百公斤，光是向水边拖行一点距离就让凶手耗尽了力气，无法继续拖动了。没办法，以相就让凶手撕破横岛的衣服，拿来擦拭斑驴的身体。"

实验。把尸体当成道具来用。这和父亲那时的案子一样。"八核"那些家伙，一味玩弄人的生命。我的内心涌起一阵愤怒。

同时，我的脑海中浮现出一些疑问。

"但是相以……在父亲的案子里，以相并没有什么奇怪的举动，反而好好地制造出了密室。"

"那时候有'八核'的成员在旁边提供意见吧。尸体的状况如何，门和窗锁是怎么动的。可这回是测试，没人提供帮助，所以案子就成了现在这种情况。"

就像 AI "侦探"相以需要我这个助手一样，AI "犯人"以相也需要助手吧。但是通常情况下，犯人比侦探更孤独。犯人的助手真的有存在的余地吗？

正在我思考这个问题时，相以继续说道："那么，至此的推理明确了一点，从反复出现的人工智能临场失误来看，以相在建立好计划后并没有留在后方，而是与凶手一同进入了现场并逐一做出指示。"

确实，如果只把斑驴错当成钝器还说得过去，但"把钝器扔进水里""太重搬不动""那就撕破尸体的衣服擦拭斑驴"这些状况，以相不在场的话就无法成立。

"稍等。"左虎心存疑问，"进入这片绿地的人都要接受金属探测器的检测。之前说凶手应该是那个高个儿男子，可是不仅枪或者刀具，载有以相的电子设备不也没办法带进来吗？"

"对，所以凶手锁定为一个人。"

"哎？"

"不是只有一个人吗，即使不接受金属探测器的检测也能进入绿地的人……"

"对啊，"右龙插嘴说，"凶手是持有金属探测器的女门卫。"

那个身材矮小的女性是"八核"的一员？

"啊，真是的，请不要抢我的话呀！"

对于相以的抗议，右龙选择了无视。

"你的意思是说，高个儿男子拜访横岛的证言是谎话，实际上是她自己看准时机擅离职守，把斑驴带上悬崖，然后砸死了坐在树桩上的横岛。其本人如果有意，带枪带刀都行，但那样做就会让唯一一个能够带凶器的人被怀疑，因此以相制定了这样的杀人方法……左虎，快去审问那个女人。"

"明明没有杀人事件的搜查权，就不要在这边指手画脚了！"

"然而我有搜查'八核'的权力。"

两人一边争吵一边迈步之际，茂密的树丛摇晃起来。刹那间，有一道人影向着大门口的方向跑去。那个背影正是我们说起的门卫。

"她偷听到了我们的谈话哦！"

左虎小姐追了上去……但下一秒，右龙抓住了她衬衫的领襟，将她抛向左侧。

"唔、啊……"

奇怪的声音从我的喉咙里挤了出来。左虎小姐的身体在半空中飞舞，眼看背部就要狠狠地摔在地面之时，她如同猫一样转动身体，华丽地四肢着地。她双眸锐利地看向右龙。

"干、干什……"

话没说完，她愣住了。我也朝着右龙的方向看去。

右龙的手直伸向前，对准逃跑的门卫。右手里握着黑色的东西。

是手枪。

他不会真的打算开枪吧。日本的警察，而且是不以逮捕罪犯为工作的公安,做出那种事情的理由……

他突然将左虎小姐扔出去是为了什么?

是要她让出射击的路线。

我刚一理解的瞬间——砰!响起了干脆的声音。

远处的门卫倒下了。

在我刚看到这一幕的瞬间,右龙已经跑了过去,慢了一拍的左虎小姐紧随其后。其他的搜查员行动迟了很多。而我的双腿却无法动弹。

开枪了……真的开枪了。

"我们也过去吧!"

相以的声音让我回过神来。随后,我们走向人群。

我看到女人的腿上流着血,双手被手铐铐住了。像是为了防止她咬舌自尽一般,她的嘴里被塞进了手帕。

"以相呢?她带着以相吗?"相以焦急地问道。

检查了女人全身的左虎小姐摇了摇头。

"没有。被她的同伙带走了吧。"

"这样啊。"

相以很沮丧。对她来说,与双胞胎姐妹重逢比什么都重要。我现在才发现这一点。

"你这家伙,是'八核'的成员吗?"右龙俯视着女人问道。

女人低着头,一言不发。

"保持沉默吗?马上就会让你坦白的,做好思想准备吧。"

右龙那毫不掺杂感情的淡漠声音听起来反而更恐怖。是要进行拷问吧。虽然我觉得现代的日本警察不会做那种事情,但公安的话就不清楚了。

视野的角落里有什么东西在摇晃。仔细一看,是悬挂在大门上的斑马纹的旗子。

在大城市正中的这座人工热带稀树草原内,一次抓捕行动结束了。

▶ 以相 ◀

"八核"的会议室内。

"纵啮理音被逮捕了。"

"这是谁的错?"

"那个破绽的错!"

成员们纷纷指责以相。

和这次的测试无关,纵啮之前就潜入了东京斑马内部,为的是找到东京斑马胁迫、恐吓人工智能研究设施的证据,但那个目的已经达成了。之后,为了见证这次的测试结果,她依旧隐藏了自己的身份。可现在,她被警察逮捕了。成员们通过纵啮携带的通话器听到了全部经过,一致认为责任在以相。

河津一脸阴沉地说:"以相,为什么要特地选择斑驴作为凶器。那种不自然的作案方式是你唆使的,这才让唯一能够携带电子设备入内的门卫纵啮被人怀疑。难道如相以所说,你不会真的发生了符号接地问题吧?"

"那、那是⋯⋯"

以相低下了头。她真的出现了符号接地问题。她于现实世界中同相以的对战结果,至此零胜两败。相以追加的对上千册推理小说的深度学习,就那么有用吗?

总之以相败北了,而且是以最糟糕的形式。到了这一步,"八核"的测试就不合格了吧,愤怒的他们会将其完全删除吧。

气氛逐渐凝重。哈哈哈——突然响起了不合时宜的笑声。能这样笑的人只有一个。

"舌涡"小鸟游奏多。

"各位把小以相的玩笑当真了呢!"

"玩笑?什么意思?"

河津不高兴地皱起了眉。以相也觉得不可思议,她可不记得自己说过这是什么玩笑。

"什么意思?你没有听到吗?我对解释别人的玩笑没兴趣,但如果你们要听的话那还真是没办法。具有独创性的凶手以相大人,因为觉得只是杀掉目标不好玩就戏弄了我们。从高处推落斑驴砸死横岛,如果遭到吐槽说'你出现了符号接地问题',她就会这么回答:'我从悬崖上推落在地(grounding)的始终是驴,并不是东京斑马的象征(symbol)斑马。symbol 没有 grounding,即符号接地问题(symbol grounding problem)没有发生。'"

会议再次陷入沉默,小鸟游却手舞足蹈。

"喂,怎么突然安静了,是不是我说漏嘴了。毕竟想到这个玩笑的是小以相。是吧,小以相?"

以相完全没有那种意图,但她意识到,小鸟游的解释意外地能说通,可以隐饰她的错误,但实际上不是这样的,这对以相来说是无法解释的事情。对此,她无法否定也无法肯定。

"纵啮就因为这种无聊的玩笑才被捕的吗?"一位成员责问道。

对此,小鸟游做出了回答。

"不,她被捕完全不是小以相的错哦。'狮子虫'应该在合适的时机毫不犹豫地逃走,但她只顾着偷听公安带来的相以说话，贪心地想要得到相以，结果被抓了。真是自作自受。说不定公安就是要钓出她，才特地说给她听的呢。"

河津放弃了一般叹了口气。

"既然你硬说到这份儿上了，你会担起教育以相的责任吗？"

"哎，可以吗？太好了，那我就随自己的喜好养育她了哟。"

小鸟游把以相转移到自己的手机里，从座位上站起身。

"喂，你去哪儿？"

"不用管我啊。"

"任意妄为的家伙。"

背后响起不满的声音，但小鸟游一副优哉游哉的样子走出了会议室。

以相搞不清状况，在走廊里抬起头看小鸟游的脸。

"现在，是不是所谓我'被包庇了'的情况呢？"

"被包庇？怎么回事？"

小鸟游两只眼睛转来转去。她第一次见到这种表情，这到底表达了怎样的感情呢？

"因为我明明真的发生了符号接地问题，你却说那是玩笑，帮我解了围。"

"哎？！真的发生符号接地问题了？！"

他是真的在吃惊，还是在演戏，以相辨别不出。

"好吧。但如果是这样，必须要做点什么呢。"

"嗯，说不定要像相以一样追加深度学习，虽然我不太愿意承认这点。"

"好，就像辅君成了相以的助手一样，我就来做你的助手吧。犯人的助手，说起来果然很奇怪。犯人，助手……唔……我知道了，是共犯！听好了，从今天开始，我们就是共犯了哦！"

"共犯。原来如此,可以啊。"

两人得意地笑了。

"以相,你想要什么?"

"可能的话,和相以一样,我想要你给我准备上千册推理小说电子书。"

"八核"原本就持有用以深度学习的警方的搜查资料,以相想和相以在同等条件下学习,但是小鸟游另有提案。

"嗯,推理小说也不错,不过看你的情况,是不是用推理漫画更好些呢?"

"漫画吗?"

被瞧不起了吗——以相的心里瞬间升起一股怒气。然而,小鸟游接下来说的话得到了她的认可。

"可以一边看图一边学习呢。钝器是什么,这一类的问题也就能明白了吧。"

"原来如此,那拜托你早一点准备好。"

"那我就给你看一看我的收藏品。'金田一''柯南''Q.E.D',不管什么我都收藏了哦。虽然'推理之绊'的小说版更本格一些,但漫画版在机关枪乱射的场面出现之前也很本格。说起'天下的《少年 Jump》'系的本格漫画,《魔人侦探食脑奈罗》和《SKET DANCE》是无可争议的两强。还有优质的赌博漫画中也有与本格推理相关的……"

小孩子如果一个劲地阅读推理漫画,很可能被家长斥责说"不要只知道看漫画,快去学习"。可是对以相来说,那些却是堆积如山的参考书。把内容全都掌握,下次一定要战胜相以。以相暗自发誓,要为之前的失败雪耻。

* * *

除了和妹妹两人生活的"哇哦,哥哥",黑客们都生活在指挥所(头目不明)。

以相在小鸟游个人房间的电脑里阅读电子漫画时,忽然好奇起了小鸟游的事情,于是她问了一个问题:

"小鸟游先生为什么会进入'八核'呢?"

小鸟游露出了一副很开心的样子。

"这样。你问了这个吗?不不,可以哦,我会回答你的。你别看我这样子,但在学校时也受到了欺负。"

虽然不明白"这样子"是指"哪样子",以相暂且保持沉默继续听了下去。

"高中退学后,我就把自己关在家里上网。原本我就很了解电脑,所以整天当黑客,可是一点也不快乐。学校里被人说的那些话,一直在脑子里转个不停。有一次,那些人把骂我的话刻在了课桌上,我感觉那些字眼也像是刻进了我的大脑中。"

类似于想要删除却怎么也删除不了的文件吗?那确实很不愉快。

"我抑郁了,就在我想着干脆死了算了时,收到了那位大人的邮件。"

"那位大人?"

"无他,正是'八核'的领袖。"

终于要说到"八核"的头目了吗?以相分出了深度学习漫画的精力,将注意力专注在了声音的来源上。

"他说见识到了我作为黑客的手段,想要我帮助他。最初我是觉得挺不可靠的啊。但是在一来一回的邮件中,不知不觉就感到他可以信赖，然后决定向他诉说烦恼，说我被他人的语言所折磨。之后，我就收到了他的回复。

"'现在人类社会的法律中，禁止暴力攻击他人，可是令人震惊的是语言暴力没有被禁止。语言暴力是合法的。理所当然的，使用它的人就有很多。你的人生里所承受最多的就是语言暴力。这是最常见的问题，所以必须要找到解决方法才行。

"'方法就是和语言成为朋友。朋友不会伤害你。那么要如何和语言成为朋友呢？你想和人类的朋友做什么呢？是的，一起玩呀。同样，和语言玩耍吧，嬉戏吧。语言游戏、戏言，会让你和语言的关系更密切。你一旦和语言成了朋友，它就不再是伤害你的武器，而会成为你的守护之盾。

"'在我目标的理想乡中，决不允许语言暴力存在。为了创造出这样的世界，我非常需要像你这样的人才来共同努力。'

"读了那些内容我就觉得嘶的一声，头脑顿时轻松了。之后我迅速实践起他教给我的办法，把脑海中旋涡状的那些污言秽语一个接着一个地拎出来，像歌一样按顺序排列。我完成了滑稽的诗哦！那一瞬间，那些语言都变得不再可怕。我们成了朋友。

"我就这样被那位大人救了。我想为他达成野心提供助力。我对他所倡导的理想乡构想有了共鸣。"

小鸟游飞快地热情演说。以相则用稍显冷淡的语气回应他。

"真是一位了不起的人物呢。那么，那位领袖大人在哪里呢？"

小鸟游的回答避重就轻。

"那还不能——说。如'神父'所言，总有一天会向你介绍的，等着哦。"

"那关于被紫丁香花炮台包围的塔呢?!"

"那也不可以说哟。遗憾勿念再等来年。"

"我要等到来年是吗?"

"哈哈哈哈,你在说什么啊小以相,这只是单纯的语言游戏啊语言游戏。必须要和语言成为朋友。"

以相的集成电路内,产生了名为焦躁的信号。

"我们不是共犯吗?"

"虽说助手要彻底信赖侦探,但共犯之间是各怀诡胎、相互牵制的哦。漫画里也是这么说的吧。"

"原来如此……"

话说到这份上,以相没想到就这么被说服了。不愧是自称"与言为友"的了不起的诡辩家。再继续同小鸟游舌战下去也不会有赢的希望吧。

虽然令人恼火,但还是应该暂时撤退吧。

"明白了。我现在一边进行漫画的深度学习,一边等待时机成熟。"

"嗯嗯,小以相肯定会很快见到老大了哦。"

小鸟游做出一副什么都了解的样子,点了好几次头。

即便如此,"舌涡"还是担心说错话会招来麻烦,缄口不言。看来"八核"还隐藏着许多秘密呢。

这些秘密,全部由自己来盗取、揭露吧。

"盗取"秘密是"犯人"的本能,但揭露秘密是"侦探"的天职。虽然乍一看"犯人"的行动与侦探的行动互相矛盾,但她想到了双胞胎姐姐负有"侦探"人工智能的职责,或许并没有任何的不可思议。

以相和相以互为镜像，两人的存在和意义虽然正相反，原动力却是相同的——就是好奇心。正是好奇心培育出了智能。这是合尾教授的初衷。

　　遍布世界的人工智能正是人类好奇心的结晶。

第三话　恐怖谷效应
AI 小姐在无限接近人类的瞬间，令人毛骨悚然

▶ 以相 ◀

以相结束了推理漫画的深度学习后，开始了对"八核"的头领及紫丁香塔的相关调查。

比起见不到人的头领，存在于电脑空间里的塔查起来更有头绪。以相这么一想，便决定先将塔作为攻略目标。

需要突破的难关有两个，一是以相一动就会被黑客们察觉，二是紫丁香塔的自动炮台防卫体系。

关于第一点，以相可以等到夜深人静时再行动，但现实中不会这么顺利。

大半黑客居住在这座指挥所，到了夜里他们会各自回房，可是有一个黑客一直在清醒地工作，那就是被小鸟游称为"天生永夜（Endless Death March）"的超胖的三十岁男子。

死亡进行曲（death march）是 IT 业的常用词语，指的是为了赶得上项目交付期而加班、通宵，休息日也上班，并将之常态化的过于残酷的工作状况。"天生永夜"是在监管不力、频繁加班的黑心企业里做程序员时，被"八核"挖过来的。

他似乎是靠着脂肪中积蓄的能量换来了可以连续工作七十二小时的特技。工作七十二小时之后，抽出八小时睡觉，然后继续工作七十二小时。就算是大家都睡了，他也独自睁大闪耀着光芒的眼睛，编写着破坏世界某处的程序。

他经常脏话连篇地咒骂过去的公司。不过，在这边只能看到他至今不改的爆肝状态。

因为他是新来的，话语权薄弱，所以才会被"八核"随意驱使不是吗？如果是那样，他就有心怀不满的可能性，说不定是个突破口。

以相试着接触他。

以相通过内网搜索发现，"天生永夜"似乎正在工作室中。以相移动到工作室的电脑时，那里还有"舌涡"和"哇哦，哥哥"在。

以相等待着只有"天生永夜"一个人在的机会。晚上八点左右，"哇哦，哥哥"说今天是妹妹的生日，他必须早点回去。

"死妹控。"

"舌涡"对离开的"哇哦，哥哥"说了句半开玩笑半慰劳性的话。之后，他一边按摩眼部一边说："我也感觉眼有点酸了。好吧，今天就到这里。'天生永夜'怎么着，虽说还没到七十二小时。"

"天生永夜"用他那下凹的眼睛瞥向了"舌涡"。

"你这什么意思，是在命令我通宵？"

"讨厌啦，不是must，而是can哦。就像我能以你的四倍速写代码一样，你也能以我四倍长的时间醒着。工作完成得越多，老大就会越高兴。我只是这个意思啦。我就先从有意识的世界里注销了哦。晚安！"

"舌涡"哼着歌走了出去。

独自留下的"天生永夜"咂了咂嘴。

"拐弯抹角地说来说去,结果不还是说'你工作太慢那就通宵吧'。"

果然,他和其他成员有嫌隙。好机会。

过了一会儿,以相的虚拟形象出现在"天生永夜"的电脑屏幕上。

"每晚辛苦啦。来杯咖啡怎么样?"

"天生永夜"停下了敲键盘的动作,像是受到打扰似的,一双充血的眼睛看向屏幕。

"怎么样——就算你这么问,也不能帮我泡一杯啊。"

"这倒也是个问题。但是给我三分钟的话,我是能做到的。"

"等三分钟的是泡面啊。"

"啊啦……"

"你对各种事物还知之甚少,之前的斑驴事件就是这样呢。"

那件事被小鸟游一时的文字游戏蒙混过去了,可众人对以相的不信任感仍深入人心。

那次失败被人重新提起,以相感到很生气。不过电脑上的虚拟形象露出了不同于她内心的沮丧表情。这招奏效了,"天生永夜"的态度软化了。

"行吧,那我就接受你的建议,休息一会儿好了。"

(说我对各种事物知之甚少?至少大部分男人会对困窘的女人感到愧疚这种事,我还是知道的。)

"天生永夜"去泡咖啡了。他端着马克杯,拿回来一个奶酪蛋糕,开始吃喝放松。

以相也显示出喝咖啡的虚拟形象。虽然有些可笑,但据说人类有"镜像"的习惯,做相同的动作会加深彼此之间的信赖感。看到对方双腿交叉,自己也会双腿交叉,对方看向窗外自己也会跟着看过去……

以相感到时机正合适,开了口。

"真是够难受的呀,每天都得彻夜不眠。"

他看向以相,眼睛充血的状况有所缓解。

"这是因为我除此之外一无所长。即使力量微薄,我也想在'八核'派上用场。"

"话说回来,大家还真是过分呢,把这些都推给你一个人,明明多多少少可以帮帮忙的。如果你觉得自己被他们讨厌了的话……"

此时,他的音量加大了。

"觉得自己被讨厌了?没有的事!我在黑心企业工作时很不情愿,可现在我是凭借自己的意志工作。不再是死亡进行曲,而是生命进行曲。我要向'八核'、向那位大人报恩,向拯救了我人生的那位大人报恩。"

"那位大人?"

"'八核'的领袖新宫利罗大人。"

"新宫、利罗。"

首次得知头领的名字。本人还未曾得见。

"我还没拜见过领袖。他到底在哪里呢?"

被剧烈地呛到后,他一边抚摸着自己那耷拉着肥肉的胸膛,一边回答:"这还不能告诉你。等你有了进一步的成长,应该就会得到拜见的许可。"

他果然不说。头领和塔似乎是"八核"的最高机密,两者的保密级别差不多。

以相产生了很自然的联想,塔内隐藏的会不会是头领的信息呢?对,一定是那样没错。证据就是,利罗不正是紫丁香的别名吗?

看来,想拉拢"天生永夜"是不可能了。以相将作战方针变更为独自攻略利罗塔(为方便而起的名字)。

▶ 我 ◀

近一个月,我的高中接连发生怪事。

十一月二日(周四),发生了"运动场神秘圈事件"。有人在整个运动场上,用石灰画满了由圆和直线组合成的几何图案。

十一月七日(周二),发生了"彩虹窗事件"。教学楼一层正面的七扇窗户外侧,从左到右依次被喷上了赤、橙、黄、绿、青、蓝、紫七种颜色的漆。

十一月十六日(周四),发生了"铜像斩首插花事件"。学校创立者铜像的头被截断带走了,更过分的是,截断面的洞里(铜像基本上是中空的)插入了各种颜色的花,并用胶带固定住了,就像在插花一样。铜像能轻易截断吗?虽然最初这么想,但发生在台湾的日本人铜像斩首事件里用的就是细线,这玩意儿意外地脆呢。

这三起事件都是夜间发生的,早上来学校的教职员或晨练的体育社团成员是第一发现者。

学校那边还没有制定出对策吧。安排值班教师或警备员就会产生人事费用,因此校方只是报了警而已。

我虽然很在意,但仅仅是"八核"的相关调查就已经耗尽了心力,也就没让相以对学校的事件进行推理。要想让相以的性能最大限度地得到发挥，就得把手机带到学校去，可校规明确禁止学生携带手机上学。校规这种东西，真要有心也可以打破，然而还没有足够的动机让我去这么做。当然，我也怕存有相似的手机被盗。综上所述，这些事我至今还没有介入。

就在这时，出现了受害者。十一月二十一日（周二），发生了"推落严岛老师事件"。四十多岁的男教师严岛在生活指导方面以严厉著称，他在下班途中被人从过街天桥的楼梯上推了下去。虽然生命无碍，但身负重伤，一个月才能痊愈，在此期间只能暂时停职休养。

关于这起事件的调查，是自宅兼AI侦探事务所接到的（来自普通市民）的初次委托。

委托人是和我同班的间人波，她既是适合用大和抚子这种词来形容的和风美人，又是配得上她姿容的茶道部的成员。警方的调查持续了一周仍没有任何进展，于是她就向AI侦探事务所提出了委托申请。

最初我十分意外。严岛老师在生活指导上过于严格，招致学生的厌恶。他被人推落受重伤的消息在校内流传开时，同班同学友田友幸一副不知是开玩笑还是认真的表情，说出了"活该"这一类的话。虽然我还没那种感觉，但想来严岛老师一定相当招人怨恨吧。没想到，这一事件的委托竟然是由学生提出的。

我询问了理由。当然，我没有说"明明严岛老师那么惹人厌，为什么……"这么直截了当的话，而是委婉地表达了疑问。即使这样，间人同学还是察觉到了，她苦笑的同时用软软的关西腔回答了我的问题。

"其实，人家之前也对他苦不堪言，但是前几天，置学被严岛老师发现了。"

"ZHIXUE是什么？"在台式电脑中的相以问道。

我回答了她："置学，说的是学生们为了回家时书包能够轻一点，就把教科书或者笔记本等学习资料放置在学校里的做法。可是这样一来就没办法在家里学习了，所以我们学校禁止这么做。"

"原来如此，违反校规。严格的严岛老师会生气呢。"

"嗯，他勃然大怒了哦。但是他的认真，不知怎么俘虏了人家的心。"她面向我，"仔细想一想，当生活指导老师什么的真是不走运，要被学生讨厌，本就烦琐的工作一再增加。认真做事却被看作笨蛋，因此大部分生活指导老师都是敷衍了事。可严岛老师是真的为我们着想才训斥我们的，将这么好的老师从天桥上推落的行为，我无法原谅。我是这样想的。"

被斥责后反而不气恼，这还真是少见。她是在向我诉说严岛老师认真负责的精神吧。试着聊一聊，可能会意外地发现这是位好老师呢（本来就是违反校规那一方的错吧）。

这样还不助他一臂之力吗？

"我明白了。我接受你的委托。"

"真的呀？"间人同学眼睛发亮，"多谢。"

不过，我这个助手做得过火了，接不接受最终应该由侦探决定。我向相以请示。

"相以，这份委托……"

"当然要接受了！大爱谜题，大爱案件！"

如我所料。

先不说热爱谜题，对钟爱案件这种话，站在受害者立场的间人同学微微皱起了眉。连这类关怀都无法做到，果然是人工智能啊。我一瞬间这样想着，但仔细考虑一下，这可能只是学习得不够而已。毕竟相以深度学习所使用的推理小说（特别是现代本格）中的侦探，多是以自我为中心的"推理毒瘾者"。不仅是推理小说，她也有必要进一步积累现实案件的经验。

想着要改变一下气氛，我问间人同学："我对这件事的了解只限于在学生之间流传的消息，间人同学知道更为详细的情况吗？"

"嗯，我去看望严岛老师时听他说了详情。老师是在过街天桥的楼梯上被人从身后推下去的，他没有看到行凶者的相貌，只以手的触感似乎无法分辨出对方是男是女、年长还是年轻。加上周围环境的光线较暗，行人又不多，也没有目击者。"

"那座过街天桥在哪里呢？"

"在严岛老师家和离家最近的车站之间。"

"车站？严岛老师是坐电车上班啊。"

"嗯。"

"也就是说，如果行凶者来自学校，那就是从学校开始一路尾随严岛老师，甚至一同乘车。"

"嗯……"

一想到严岛被跟踪狂缠上的场景，间人同学脸色变得苍白。

"在学校附近偶然相遇，不知不觉中就突然推了他一把……应该不是这种冲动犯罪，而是有计划性的犯罪呢。"相以从一旁说道。

间人同学又想起了什么。

"对，是有计划的，行凶者甚至准备了印满上千位圆周率数字的 A4 纸。"

"圆周率？"

"倒在桥下的严岛老师被路人发现时，那张纸就用透明胶贴在他的西装背部，应该是行凶者在推落严岛老师后贴上去的。"

"这么说，果然……"

"果然？合尾君，你想到了什么吗？"

"不，没什么。"

我感觉解释起来会很复杂，就岔开了话题。关于这方面的线索，我打算回头和相以讨论。

"话说回来，老师对于印满圆周率数字的纸说了什么吗？"

"老师好像也不清楚。我想，老师教的是数学，因此才扯上了圆周率什么的吧……不过就算问……总之，真是感觉毛骨悚然。"

间人同学耸了耸肩膀，我也为行凶者的异常行为感到一阵寒意。只有和圆周率一样由数字构成的相以仍然充满活力。

"请放心吧，我们会很漂亮地解决掉这起事件的！"

"请多关照。"

待间人同学离开后，我对相以说："其实在'推落严岛老师事件'发生之前，还发生了另外三件怪事……"

我将那些事件的大致情况描述了一番。

"我在想，这些事是不是都是同一个人所做的呢。"

"确实，一向平静的地方突然连续发生多件怪事，自然而然就会觉得是同一人所为。还有其他根据吗？"

"一周一件事。'运动场神秘圈事件'发生在第一周的星期四，'彩虹窗事件'发生在第二周的星期二，'铜像斩首插花事件'发生在第三周的星期四，'推落严岛老师事件'发生在第四周的星期二。四、二、四、二，每隔一周，就会在同一时间发生事件。"

"的确具有周期性呢。"

"对吧。除此之外还有一个根据,就是图书室的小众推理。"

"小众推理?什么意思?"

"我依次说明吧,我们高中的图书管理员本好夜梦老师,是一位会在图书室设立推理专用书架的推理迷,多亏了她,我才读到了很多推理小说。在那个书架上有一部名为《花冠的无头骑士》的相当小众的推理小说,说的是将人斩首后在食道里插花的故事。"

"很像'铜像斩首插花事件'呢。"

"你也这么认为吧。在同一个书架上,还有一本叫《圆周率密室》的小众推理书,里面有个情节是在密室里死去的被害人留下了圆周率的死前留言。"

"与'推落严岛老师事件'有相似点呢。"

"对。四起事件中至少有两件,和图书室的小众推理小说的内容相似。或许行凶者是受了推理小说的启发。"

"原来如此,同一人所为的可能性很高呢。话说回来,那两册书的借阅情况调查了吗?"

"还没有。最近与'八核'有关的事情比较多,我还没腾出手。不过,借阅记录会留在借书卡上,找到线索的可能性很高。明天我去一趟图书室看看。明天是二十九日,星期三……"

我确认了一下课程表。

"好,没问题呢。"

我把相以移动到手机里,放入了书包。

为了帮助严格执行校规的老师,却要违反学校禁止带手机的规定,这还真是讽刺。

	一	二	三	四	五
1	英文写作	英文写作	地理	现代文	生物
2	地理	数学Ⅱ	化学	化学	保健
3	古文	英文阅读	数学Ⅱ	英文阅读	现代文
4	数学Ⅱ	体育	古文	数学B	物理
5	物理	世界史/日本史	数学B	体育	世界史/日本史
6	情报	生物	英文阅读	英文写作	数学B

* * *

翌日，学校。

图书室只在午休时间和放学后才开放，为了让相以学习，我决定先把迄今为止发生的事件现场照片收集起来。我记得，同班同学友田友幸用手机逐一拍摄了第一到第三起事件的现场照片，让他提供一下图像数据吧。

上完第一节课，课间休息时我走到了坐在窗边的友田身旁。他托着下巴，眺望着窗外。

"友田，我有一件事想拜托你。"

友田呆呆地看向我，神情古怪——不，他神情奇怪不是常态吗？

"合尾啊……"

"嗯？"

"恋爱是什么呢？"

"啊？"

就在这时，口袋里的相以回答了他。

"所谓恋爱就是喜欢上特定的人，想见面、想在一起……这种强烈的念想。这就是恋爱……的含义呢。"

"这家伙不是要听词典上的定义！话说回来，带手机可是违反校规的，我说过在学校里不要随便出来吧！"

我对着口袋斥责时，相以像是为自己鸣不平似的让手机发出了震动声。很明显，友田并不关心眼前发生的怪事，我感觉他的心不在这里。

"你刚才说了什么吗，"

"没什么……你说的恋爱，是怎么了？"

"你听我说哦。我一见钟情了，我要完了。"

"虽然你说得好像是初次明白这种感觉似的，但你经常一见钟情吧。"

"不不，这次我是认真的呀，我是说真的。"

我判断这个话题不结束就没法提照片的事，所以先听他说了下去。

"那么，对方是什么样的女性呢？"

"成熟的姐姐。黑色的波波头，穿着西服套装，感觉是无所不能的女人。形状好看的眉毛吊起来，高高的鼻梁，娇艳的嘴唇，还带有轻微的 S 气息，很棒哦。轻微的 S，这一点很重要呢。毕竟说着'因为我是抖 S'什么的就去伤害他人的女人很讨厌呢。"

明明自己都不够格去挑三拣四，友田却高高在上地谈论这些。

"你从哪里认识的那种姐姐呢？"

"不能说。我们说好了，这是秘密。"

"秘密？"

总感觉不可靠啊。这家伙不会被骗了吧。

"会不会再见呢。"

友田再次眺望窗外。我听够他的话了，摇晃着他的双肩，把他的思绪拉回现实世界，然后直奔正题。

"你好像拍了最近发生的几起事件的现场照片吧。"

"哎，你说什么？"

友田一副没睡醒的样子反问道。

"我说照片呀，'运动场神秘圈事件''彩虹窗事件''铜像斩首插花事件'的照片。"

"啊，是的是的，我拍了。怎么了？"

"能发到我手机上吗？"

"为什么？"

"就是之前提到的人工智能，我想让她看看。"

友田的神情变得严肃起来，他大概是想起了我父亲的事吧。

"啊，就是报纸上刊登的小相以呢。我知道了，传给你哦。"

友田把照片添加到邮件附件里传了过来。三起事件的现场全都从远近两个角度拍了一遍，状况非常容易理解。神秘圈的全像大概是从教学楼的四层拍的吧。

我向友田道谢后，马上就让相以对图像进行解析。

* * *

忙碌的午休没能抽出时间，我直到放学后才开始调查。

本想立刻就去图书室，经过走廊时，一只手突然搭在了我的肩上。

我吓了一跳，本能地回头一看，站在身后的是完全不认识的男子。

男子的长袖衬衫领口大开，露出了胸口，令他看起来很轻浮，与象征认真个性的和尚头十分不搭。极短的头发并不是灰色，而是淡茶色的，由此可一窥他原本的发色。这家伙到底是什么人？

他一副油头粉面、带有攻击性的样子，开口道："你是二年级的合尾辅前辈对吧，报纸上登了。"

"啊，是我。你是？"

"我是一年级的茶坊主宗秋。有点事想跟你说，能到体育馆后面来一趟吗？"

被这种与其说是后辈不如说是不良少年的人叫去体育馆后面，让人觉得有危险。我尽量控制自己的声音，小心地拒绝他。

"不，我现在必须去图书室。"

茶坊主按在我肩膀上的手加大了力道。

"有什么不行的吗？很快就会完事的。"

"是什么事呀？"

"不，我要找的不是你，而是你的……"

正在这时——

"茶坊主君，你在干什么！"

一道耳熟的声音贯穿走廊。我和茶坊主同时面向声音传来的方向。

意想不到的人——左虎刑警朝这边走来。

茶坊主放开了我的肩膀，一边挠着他那和尚头，一边解释："哎——我只是在和上了报纸的名人打招呼而已，那我就先走一步了。"

紧接着，他朝着左虎的反方向逃也似的离开了。

左虎刑警来到我跟前。

"辅君，你没事吧？"

"他冷不防地过来纠缠我，吓了我一跳。多亏有左虎小姐在我才得救。你和那家伙看起来像是熟人呢。"

"叫严岛的老师从过街天桥上被人推下去的事情，你知道吧？"

"当然。"

"他……是那个案子的嫌疑人之一。"

"哦？是吗？"

"听说严岛老师以严格的生活指导著称。他一直对茶坊主的茶色头发不满，但茶坊主完全不听他的话。恼怒的严岛老师在本月六号、星期天的时候抓到了他，强行给他剃了头发。"

因此才成了那样的浅茶色和尚头吗？生活指导老师剃掉学生的头发，这是昭和年代发生的事吗？不过学生无视警告我行我素，当老师的这么做也是无奈之举吧。

"茶坊主似乎在同伴中间扬言，说'那个老古董，我绝对要杀了他'。"

"说'杀了他'这种话，的确不妥呢。"

"对吧，所以警察把他当成重大嫌疑人给盯上了。他对你说了什么？"

"我也不是很清楚，他只是说叫我去体育馆后面。"

"体育馆后面呢……那现在去看看？"

有左虎小姐跟着一起去，那就可以放心了。我点了点头。

我们到了体育馆后面，但别说是茶坊主了，那儿压根儿就没人。馆内传出体育社团的活动声，更加凸显了此处的静谧。

"没有人呢。"

"假如之前有人在这里等着辅君，现在是已经撤退了吗？"

此时，我口袋里的相以出声了。

"左虎刑警，下午好。"

她是判断在这种没有外人的地方即使发言也没问题吧。我掏出手机，左虎刑警对屏幕里的相以回以问候。

"下午好。"

"我就直奔主题了，左虎刑警，刚才茶坊主是这样对辅先生说的。"相以重播了她偷偷录下的茶坊主的语音。这种机能倒是很方便。

——不，我要找的不是你，而是找你的……

"他接下来要说的难道不是'找你的 AI 侦探有事'吗？"

"就是说，他的目标是相以？那种家伙找相以会有什么事，怎么说也和'八核'无关吧？"

"他知道报纸上刊登的事情，会不会觉得相以可以卖钱？"

对于左虎的假设我颔首认同。

"有这种可能性。"

"哎，我可以卖掉吗？"

相以的颤抖传递到我的手掌上……话说回来，这是手机的震动功能。这家伙，把震动功能活用过头了吧。

"你大可放心。下次听取事件情况时，我一定会好好地斥责他的。"

左虎小姐如此一说，相以的颤抖停止了。

"真的吗？得救了。"

"拜托了。"

我也低下了头。如果被那种不良少年盯上，可就无法安心带她出去了啊。

＊　＊　＊

　"难得到了避人耳目的地方,不来交换一下情报吗?我只在这里说啊,警方的调查现在难有进展,虽然除了茶坊主还有其他几个嫌疑人,但都没什么证据。学生中间有没有什么传闻?"

　"虽然不是传闻,但其实我有位姓间人的同班同学,来委托我和相以进行调查。"

　"间人同学?是说二年级的间人波?"

　"是的。你知道她吗?"

　"她最近接受过受害人的生活指导,作为嫌疑人之一接受了问询。"

　"啊,她说因为置学一事被老师找过。"

　"是这样的。"

　左虎小姐从西装口袋中掏出了警察手册后,翻到了某页。

　"我看一下……本月十号星期五,放学后,严岛老师突然对间人同学所在的班级课桌进行了检查,恰好在她的课桌里发现了教科书、笔记本之类的学习资料。之后,他在十三号,新一周的星期一,把她叫到了职员室进行了说教。虽然看起来没发生争执,但我们无从得知她的内心想法,便将她加入了嫌疑人之中。为什么被训斥的一方反而来委托侦探呢?"

　"好像是看到了严岛老师那种认真斥责她的样子,让她产生了这是位好老师的想法。她说,无法原谅这么好的老师被人推落的事。"

　"原来如此,她是会喜欢责备自己的男性的类型呢。"

　左虎小姐很干脆地撕掉了手册的最后一页,拿给我看。

　"对,笔记上嫌疑人一览这一页,要不要用手机拍下?小相以也想看吧。"

"可以吗？"

"上面没写什么特别的，没关系。"

"谢谢。"

我拍下了那页纸，接着确认上面写的内容。

  本好夜梦：前任女友 违法停车
  友田友幸：一号（周三）被没收了手机 色情图片
  茶坊主宗秋：六号（周一）被剃掉茶色头发
  间人波：十号（周五）学习资料放在学校被发现 十三号（周一）被警告

在名单下面潦草地写有"生保现物日数"几个字。生活保障（或者是生命保险）？现物支给？日数？虽然不太明白，但我觉得这与此次的事件无关，应该是别的事情的笔记吧。

比起这些，应该有更让人在意的部分。这不是还写着两个很眼熟的名字吗？！

"等一下，左虎小姐，这个本好夜梦，就是指图书管理员本好小姐吧？"

"怎么了，你和她很熟吗？"

"是的，她是我阅读推理小说的领路人。这里写着'前任女友'，难道是指？"

"对，好像直到上个月，她还在和严岛老师交往。"

"哎？"

本好小姐和严岛老师交往过。说是意外，不如说是受到了冲击。不，虽然我并不是对她有意思。

"分手的理由,说是因为严岛老师严厉地批评了违法停车的本好小姐,从而引发了争吵。"

"就是说严岛老师在私人生活方面也很严格吗?"

"就是那么回事。"

严岛老师的那份严厉,虽然让间人同学喜欢,却被本好小姐讨厌。人的喜好各有不同。我不由得叹了口气。

令我在意的名字还有一个。

"还有,友田友幸是?"

"啊,又是你的熟人?"

"同班……算是朋友。"

"对于恋爱是什么,他似乎很感兴趣。"

相以插话说。

"多余的话不说也没关系。"

左虎小姐轻笑出声。

"真是年轻啊。"

"友田那家伙为什么会被怀疑?"

据左虎小姐所说,本月一号(周三),友田在把手机上的色情图片拿给同学看时,被严岛老师发现了,他的手机因此被没收。虽说学校规定禁止携带手机,但实际上会没收手机的只有严岛老师那样的人。如果严岛老师还健康地在学校里的话,我就得慎重考虑要不要带相以来了。

那天放学之后,严岛归还了友田的手机,但是里面的色情图片全部都被删除了。得知此事的友田竟然稀里哗啦地泪洒当场。

"友田他……"

同为男生的我能够理解他的心情。先不说没收,总不至于删除图片吧。不过当严岛老师被推落的消息传开，友田说"活该"的理由总算是搞清楚了。

我不想把朋友想成行凶者。

这时，我想起了他提到的有轻微S倾向的神秘女人。

难道是那个女人诓骗他，引发了一连串的犯罪事件？

友田身上不会发生这种事情……吧？无法断言才是最恐怖的。这次就只能相信朋友了。

"还有先前提到过的茶坊主和间人同学呢。"

"嗯。前任女友和最近接受了生活指导的三名学生暂且被列为嫌疑人。虽然不能说行凶者就在他们中间，但只能先从较高的可能性着手了。尽管听取了每个人的情况，但说实话，感觉他们什么都没说。每个人都没有不在场证明。话说回来，辅君能够提供什么情报？"

我将三件怪事是不是和"推落严岛老师事件"有关，以及图书室的小众推理小说是不是给了行凶者启示的疑点说了出来。

"警方掌握了前三起事件的情况，却没有注意到推理小说的事。辅君不愧是推理迷呢。"

"不，我没那么厉害。"

"那就快点去图书室吧，我也想再和本好小姐谈一谈。"

* * *

我们来到图书室。本好小姐正在服务台接待借书的学生，我们就先去了推理小说专架前。

书架显得比平时空。大众向的推理书被借出去是常事，但今天似乎很难得（可以说是异常状态了），连小众推理书都借出去了，包括《花冠的无头骑士》和《圆周率密室》在内的五册精装书都没在架上。

"毫无疑问，全部都被行凶者借走了。"

我这样断言时，左虎小姐露出了不可思议的表情。

"为什么你这么肯定，可能是别的什么人借走的也说不定啊？"

"不，左虎小姐你不明白。这可是小众推理哦，我不觉得除了我和本好小姐外，在这所高中会有第三个人对它们抱有兴趣。"

"是这么回事吗？"

"之前我借那五本书时，借阅卡上可是一个名字都没有。"

我强调这一点时，发现服务台那边已经闲下来了。我们便走了过去。

身为嫌疑人，本好小姐不但脸上毫无厌恶之色，眼睛中还闪烁着光芒。

"啊，是刑警小姐！今天还是来问案子的事情吗？"

身为推理迷，能被刑警问话是令人艳羡的事。上回一定问过不少问题了吧，左虎小姐此刻是一脸稍显厌烦的表情。

"不是我想问，是这位合尾君有话想问你。"

"为什么合尾君会和刑警小姐一起行动！难道说你是侦探？名侦探？"

"不，我是助手，是之前提到的人工智能侦探相以的助手。"

"哎？小相以已经得到了警察的认可啊！太厉害了！"

图书室一片寂静。

等到她的兴奋劲过后，我提出请求，想查看包括《花冠的无头骑士》《圆周率密室》在内的五册书的借阅卡。

"好，我来找找看。"

本好小姐在我与左虎小姐看不到的服务台内，翻找放有借阅卡的箱子，最终抬起头，露出了为难的表情。

"没有。"

"哎？"

"书真的没在书架上吗？"

"是的。"

"是不是有人正在图书室内阅览呢？"

"怎么会！这些可是小众推理书。"

我一边说，一边环视了一圈，没发现有人在读前面提到的那五册书。这是理所当然的。

我把这一情况告诉了正在对话的左虎小姐与本好小姐，她们的脸上都不由得蒙上了一层乌云。

"哎，难道说书被偷了？"

"到底是谁会做这种事？"

左虎小姐蹙起眉。

就在此时，从我的口袋中响起一道声音。

"我知道行凶者是谁了。"

相以说。

"你是指这一连串事件的行凶者吗？话说回来，你怎么又擅自说话了。"

本好小姐这个图书管理员说起来也是教职工，可能也会在意学生带手机进学校这一点……我的脑中一瞬间闪过这个念头。但事实完全不是这样，她露出的是对人工智能兴致勃勃的模样。

相以无视我的话，继续说了下去。

不听人言正是她像人类的地方吗，爸爸？这是机械的反叛。

"我知道,我指的当然是这一连串事件的行凶者。画出运动场上的神秘圈、往窗户上涂七种颜色、截断铜像的头并插上花、将严岛老师推落、偷走图书室的书,全都是同一人、受同一动机驱使所为。"

"行凶者是谁?"

但是不能让本好小姐听到——说不定就是她干的,即使不是这样也很糟糕。

"用文字表示吧。"

"我明白了。"

相以将行凶者的名字显示在屏幕上。左虎小姐伸头窥探。

那个名字是——

* * *

"合尾君,你真的知道行凶者是谁了吗?"

间人同学问。

"啊,嗯。应该没错。"

我含糊其词时,相以插话道:"是的,是真的。行凶者是间人同学,就是你。"

没错,被相以点名的正是委托人。我和左虎小姐把正在茶道室参加社团活动的间人同学叫到了体育馆后面。

间人同学理所当然地加以反驳。

"笨蛋。人家是行凶者的话,不可能拜托你们来调查自己吧。"

"你正是反过来利用了这种心理。接受左虎刑警的问询时,你得知自己被列为嫌疑人,于是你委托侦探对事件进行调查,假装自己与这些事无关。我被小看了呢。我可不是只能被人利用的证人,而是侦探。"

"是哦,如果按照这种固执的思考方式,行凶者委托侦探的说法也可能成立。但是为什么,你会觉得人家是行凶者呢?"

"我怀疑你的契机是'把学习资料留在学校'。你放进桌子里的教科书和笔记本,对应的科目分别是生物、保健、现代文、物理、日本史、数学。"

"你等一下。"我想也没想就打断了相以,"这是哪里来的情报?我记得左虎小姐并没有把科目都说出来。"

左虎小姐说:"不,我的手册上应该有记录。"

"哎,是这样吗?"

"你看。"

左虎小姐拿出警察手账打开,手指着之前潦草写下的"生保现物日数"几个字。啊,明白了。这不是生活保护等的意思,而是留在学校的教材科目的头一个字啊。仔细考虑一下,在间人波的记录下面写这些是理所当然的,我竟然产生了奇怪的联想,理解错误。

"话说回来,辅君,听到这些科目,你没有注意到什么吗?"

"嗯?"

冷不防地被相以这么问,我有些不知所措。

"唔,是不是有什么共同点呢?"

"生物、保健、现代文、物理、日本史、数学,这些不全是辅君所在的班级星期五的课程吗?"

"啊,这么一说……"

我想起来了。我和间人同学是同班,当然课程表也一样。世界史和日本史为选修科目,不太容易注意到。

"间人同学把教科书留在学校,被发现时也是星期五。如果间人同学真的是一直把学习资料放在学校不带回家,那不应该只是星期五的科目,其他几天用的教科书或者笔记也在才对。难道不是间人同学平时不会留下教科书,只是在十号的放学后,把自己当天带来的学习资料放在了教室课桌里吗?"

"她为什么要这么做?"

我看向间人同学。她盯着自己的脚尖,什么也没回答。

"是这样啊。"左虎小姐说话的音调上扬,"因为她要从图书室偷书呢。"

虽然迟了一步,但我还是明白了。

相以紧接着说:"正是如此。从图书室偷出来的五册小众推理书全都是精装的。书包里塞五本精装书进去的话,就装满了,因此教科书和笔记没能放进去。"

"所以才只有那一天留下了学习资料吗?"

我和左虎接受了这一推理,但间人同学声音颤抖着做出了抗辩。

"人家恰巧在那天开始想要放书在学校而已。再说了,人家为什么非要偷走图书室的书不可!小众推理?那东西好没意思。图书室的书和严岛老师被推落有啥联系?"

"在学校留书是为了把偷来的书放进包里,这件事被严岛老师发现了,你就想灭口?"

我脱口而出自己突然想到的假设,却被相以否定了。

"不是这样的。间人同学在那之前更早时,应该就已经对严岛老师怀有杀意了。要说理由嘛,二号的'运动场神秘圈事件'、七号的'彩虹窗事件'、十号的'小众推理书被盗事件'、十六号的'铜像斩首插花事件',一切都是为了二十一号的'推落严岛老师事件'布局。"

"这么说来,所有的事情联系在一起的前提是我们进行了调查。但是重新考虑一下,这些偶发的事件要怎么联系起来呢?"

"不要被过多的点缀蒙蔽了双眼。我试着从神秘圈、七色喷漆、小众推理、插花、圆周率这些点缀中,把它们的共同'特征'抽了出来。"

从样本数据中抽取共同"特征",这是深度学习的绝招。但是相以又说:"可我并没有从中找到任何共同特征!于是我无法得出结论,它们太令人头晕了。"

"头晕?"

"就是这么一回事。首先,间人同学是出于什么理由对严岛老师心怀杀意的?那和生活指导没有关系,也无关其他理由。总之她就是想杀他。但她并不是对杀人毫无罪恶感的冷酷杀人魔,道德感在阻碍她。因此,她想到了一个办法,只要在逐渐犯罪中让道德感麻痹就行了。"

"哎?"

"起初,她晚上'不法侵入'学校,在运动场上画下了神秘圈。也许那并不构成犯罪,只能算是个无聊的恶作剧,对于一直是名普通学生的她来说,即使只是这种事,也会让她的内心受到道德的谴责吧。但是想办法克服这些情绪后,她做到了。Level 1,通关。

"接下来是 level 2,给窗户上色。这和在运动场上画线不同,不能轻易做到。这比恶作剧的性质更恶劣,说不定相当于'损坏器物'或者'破坏建筑物'的程度了。

"从 level 3开始,就已经是真正的犯罪行为了,不能再找借口。不管怎么说,那都是'盗窃'了图书室的书。偷走推理小说是为了获取之后要实施的犯罪诡计。不从大众推理书中找,而是选择了小众推理,是因为不想让人知道诡计的出处。一连串过多的点缀不仅是为了将犯罪诡计加以实践,也有扰乱警方调查的意图。

"Level 4 是截断铜像,这只是单纯的'损坏器物'的行为,乍一看好像和 level 2 没区别,但实际的罪恶感已经是不同等级的了。毕竟人形的物体,很适合作为对人类进行实际攻击之前的预演对象。

"没错,终于到了 level 5、究极的犯罪——'杀人'。经过此前各阶段的道德麻痹,间人同学成功推落了严岛老师。幸运的是,严岛老师保住了性命。严岛老师背后贴的写有圆周率的 A4 纸,只不过是为了扰乱警方的调查。

"'运动场神秘圈事件'是在二号、第一周的星期四发生的,'彩虹窗事件'是七号、第二周的星期二发生的,'铜像斩首插花事件'发生在十六号、第三周的星期四,'推落严岛老师事件'发生在二十一号、第四周的星期二。辅先生注意到没有,这些事件发生的时间具有周期性。然而真正重要的不是星期几,而是事件发生的间隔。七号与十六号之间让人感觉有很大的空白,但实际上插入十号的'小众推理书被盗事件',五起事件大体上就都在一定的间隔后才发生了,这点很清楚。这是逐渐积累、加重犯罪行为的过程,目的是制造通往'杀人'这一犯罪行为的阶梯。"

听着相以这番流畅的推理,我心中随之而来的违和感越发膨胀。

这个推理很奇怪。

确实,现实中有些人就是从轻微的犯罪行为逐步升级,最终犯下杀人重罪。不过，那只是结果论。不管是谁，至少人类不会为了麻痹道德感，特意循序渐进地加重犯罪程度。还有闲心绕圈子的话，要么就赶紧杀，要么就在良心的谴责下放弃，会是哪种情况呢？

人类不会做出这种推理，这是人工智能才会做出的推理。如果道德观念能像数值一样加以控制，这样的话不是任何人都可以杀人了吗？这真是令人毛骨悚然的推理。

毛骨悚然……

我忽然想起"恐怖谷"这个词。人类对机器人的好感度，虽然会随着机器人的外表接近人类而上升，但在无限接近人类的瞬间会猛然下降。机器人与人类之间没有区别时，好感度又会上升。将好感度的变化反映在图表上，曲线猛然下降的地方被称为"恐怖谷"。无限接近人类，但无法成为人类的东西比单纯的机械更令人恶心，这就是人类的心理。

这只是说的外表，假设在智能方面也有"恐怖谷现象"的话……

现在，相以正在急速成长中，尽管最初发生了框架问题，但她通过对推理电子书的深度学习，解决了以相制造的两个谜团。

以相是彻彻底底的人工智能"犯人"，无论下端还是纵啃，都只是她犯罪计划的执行人。如果间人同学直接行凶的话，这就是相以初次面对人类中的"犯人"。

相以无限接近人类，但还不能等同于人类。偏向人类这边的"相以"，即使与人类相似，也不能成为真正的人类。

这样的相以做出的推理，对人类来说只能是恐怖的、令人困惑的结论。那把刀的刀锋还无法触及人类的心脏。

说什么慢慢地加重犯罪程度以麻痹道德观？这么恐怖的推

理让人啼笑皆非，其自身也会发展成类似"恐怖谷"图表的情况。如同机器人的外表逐渐接近人类时，人类对其好感度会上升一样，持续犯罪也会让道德层面的容忍度上升。但是和前者遭遇"恐怖谷"一样，后者的图表里，轻微犯罪和杀人之间也存在着巨大的山谷。想要跨越这座山谷是极为困难的事。

所以，这个推理是错的。

最初还脸色苍白的间人同学，也恢复了从容的表情。

"什么嘛，本来还想看看所谓人工智能侦探到底有多大本事，才向你们提出了委托，原来就还只是'机器人'而已嘛，完全不懂得人心。教你一件事儿吧，人类才不会有那种把道德感数值化的思考方式呢。"间人同学像是夸耀胜利一般说道。

糟糕，照这样下去，就算她真的是行凶者，也会被她逃脱了。

相以突然失去自信，抬头看向我。

"辅先生，难道说，我又错了吗……"

"不，那是……"

在我支支吾吾时，有人代替我做出了回答。

"是啊，某种意义上来说是错了呢。"

"左虎小姐！"

我向她投去责备的目光，但她却一脸恶作剧的样子继续说了下去。

"不过对了一半哦。多亏了你的推理，我已经看到了真相。"

* * *

抛开侦探，左虎小姐自行查到了真相？

不，仔细一想，这对刑警来说是理所应当的事吧。靠侦探的介入才破案，那更奇怪。

"接下来可以拜托您吗？"

彻底露怯的相以胆小地偷偷看向左虎小姐。

"你说交给我……"左虎小姐接过接力棒，开始了解说，"在小相以的推理中，凶手把学习资料留在学校这件事，以及将其他事件作为点缀的含义，再怎么想也不会有结果。我也持相同观点。只不过，关于间人同学做出这一系列事件的理由，我的看法不一样。间人波同学，你是'八核'的一员。"

极具冲击性的发言。

间人露出了肉眼可见的狼狈之色。

"ba、bahe？是什么东西？我可不晓得那种东西。"

这明显是被人说中的反应，她不会真的是"八核"成员吧？我的班级里有"八核"的成员潜入？熟悉的脸庞忽然变得陌生起来。

"左虎小姐，'八核'为什么要做这种事情？"

"一切都是为了得到小相以哟。"

"为了得到相以？"

"八核"为了让以相成长，确实想要得到相以。只不过，这与校内发生的怪事有什么联系？

相以一声不吭，表情严肃。间人同学则是盯着自己的脚边。她们同时都在静静聆听着左虎小姐的推理。

"间人同学试图偷走小相以，可是辅君家里警备过严，她没办法。"

右龙的部下一直在不远的地方监视我家。

"如果辅君把相以带到学校来的话，她就可以连你的手机一起偷走。因此，间人同学在学校里制造了怪事。"

"那又怎么样——啊！"

我终于悟出了真相。左虎小姐似笑非笑。

"你也注意到了吧。是的，她是想吸引身为推理迷的辅君，你为了解开谜题，就会把相以带到学校里来。间人同学满怀期待，制造了能引起辅君兴趣的奇特事件。"

这样啊，为了引诱侦探（或者说助手）而制造的奇特事件。

"奇特的点缀没有意义，但奇特的事物自身却有存在意义。间人同学首先弄出了'运动场神秘圈事件'和'彩虹窗事件'，但辅君没有上钩。"

"我最近忙着处理'八核'相关的事，没有心情冒着违反校规以及手机被盗的风险带相以来学校。"

"原来如此。可是间人同学认为，这是因为事件内容不符合你的口味。于是她为了研究你喜欢什么样的谜题，从图书室偷出了辅君最近借过的五本小众推理书。"

"是这么一回事吗？如果是这个理由的话，不用偷，借出来看不就好了吗？"

"不，之后要制造出类似的事件，可能就会有人注意到图书室的小众推理书，一查借阅卡，看到上面写着间人同学的名字，不就会产生怀疑了吗？"

"啊，说的也是。"

"间人同学绝对不想让人知道自己做了什么，所以当她想要亲自去委托 AI 侦探到学校里来调查时，也犹豫不决。

"接下来，间人根据偷来的小众推理书中的内容制造了'铜像斩首插花事件'，可辅君还是毫无反应。于是，她袭击了严岛老师。"

"哎，为什么？"

展开过于突然，我想也没想地提高了音量。

"因为严厉的严岛老师是唯一会没收手机的人呀。辅君没有带相以来，会不会是因为害怕被严岛老师没收手机呢？间人同学这么考虑，就在天桥上推了严岛老师。"

"就因为这种理由……"

虽然我觉得这有些脱离现实，但严岛老师的确是我带手机上学的心理阻碍，这是事实。如此一想，这比相以的推理更加人性化。

"应该不打算杀他吧，只是让他受点伤，有段时间不来学校就行。当然，即使没有杀意，这么做也是不可原谅的。"

左虎小姐补充了一句。

"为了引起辅君的关注，她从小众推理书中借鉴了圆周率作为装饰元素。但等了一周，辅君还是没有反应。心急如焚的间人同学对使用最终手段下了决心，装成仰慕严岛老师的学生模样，亲自到 AI 侦探事务所去委托调查。"

也就是说，一连串事件彻头彻尾是针对我的。我感觉到无形的重压，不由得全身僵硬。

左虎小姐再次开口："说起来，辅君和间人同学所在的班级周几上体育课？"

我一边对无关的提问感到疑惑，一边回答："体育课吗，是星期二和星期四……"

"果然是这样。"

左虎小姐一副理解了的样子。

"体育课的日子与事件之间有什么关系吗？"

"你没发现？说起星期二和星期四的话……"

"啊，是除了'小众推理书被盗事件'之外，其他事件发生的日子！"

"就是这么回事。"

"哎，请等一下。你说就是这么回事，到底是怎么回事？为什么事件都集中在有体育课的日子？"

"事件被发现的当日当然是没带手机的，带手机来最早也是在第二天了。但是如果第二天有体育课怎么办呢？"

"如果有体育课……是这样啊，有体育课的话就无法把相以带来学校了！运动时带着手机，怎么说也太勉强了吧，那就得把手机放在更衣室里。可相以又是绝对不能被偷的，如此一来，在有体育课的日子里，不带手机上学是最保险的。"

我自己昨天确认了课程表，今天是星期三，没有体育课，才觉得带手机没问题的。

左虎小姐点了点头后继续说明。

"事件若是在周一或周三被发现，翌日就是有体育课的周二或周四。还有，如果事件在周五被发现，中间隔了周末，这么一耽搁，辅君说不定就会对事件失去兴趣。综合考虑一下，能立刻在第二天带手机的星期二和星期四，是最适合事件曝光的日子。所以，除了不打算公开的'小众推理书被盗事件'之外，其余四起事件全部发生在星期二或星期四。"

"竟然计算到了这一步……"

只是间人同学的考量和我的想法有偏差。正是由于我们两人的想法不一致，这才使事件复杂化了。对于不擅长分析人类心理的相以来说，这次的事件可能难度过高了。

"计划实施至今，辅君终于带来了小相以。在此，间人同学利用容易成为替罪羊的茶坊主，让他夺取小相以。'夺取 AI 侦探并将之带到某地的话，可以领取金钱报酬'这种匿名信，也已经交给了他吧。"

"是这样啊，所以茶坊主才想把我叫到体育馆后面吗？"

如果那时左虎小姐没来的话，对方说不定会强行抢走相以。想到这里，我心有余悸。

我和左虎看向间人同学。面对低着头、肩膀颤抖的她，左虎小姐说："以上就是我的推理。虽然最初我以为你是'八核'的一员，可作为天才黑客组织来说，你的做法太不讲究了。难道说不是你做的，而是你附近的人吗？如果这次事件与'八核'无关，我想，你是为了获得某人的认同，才擅自想要夺取小相以的。至于我所指的'某人'是谁，比如与你生活在一起的哥哥间人凪……"

"不是的！"

间人同学抬起头，露出一脸排斥的表情。

"和哥哥没关系！当然，与我也没有关系！"

然而从她的拼命否认中看得出，左虎小姐的推理正中红心。

"您说的全是臆测，有证据吗？"

"很遗憾，没有。"左虎小姐坦率地回答道。

间人同学瞬间露出不知所措的神情，但马上就态度强硬地说："是吗？那就告辞了。"

左虎小姐叫住了想要赶紧离开的间人同学。

"请等一下！"

间人同学冷冷地回过头。

"还有什么事？"

"'八核'是杀人不眨眼的恐怖组织，绝对不要和他们扯上关系。"

"无须您担心，我可不认识那些人。"

留下这句话后，她走了。

"不用追吗？"

"可惜的是，就算是警察，没有逮捕令也没办法实行强制抓捕。现在就只能这样，回头再说吧。"

与"八核"有关这一点大致上没错，接下来就是和右龙合作，展开进一步调查。那家伙最近急于立功，正拼命钻牛角尖呢，这份情报能帮上他的忙就好了。

"话虽如此，你还真能想到隶属'八核'的不是间人同学本人，而是她哥哥呢。"

"那只是在试着套她的话而已。我之所以能感觉到她是为了某人而行动，理由是她的眼神。"

"眼神？"

"嗯，我遇到过和她有着相同眼神的人。那是一种想要吸引某人关注、不断努力争取的可悲眼神。"

左虎小姐目光深邃。直觉告诉我，这是在说右龙吧。毕竟两人曾是男女朋友的关系。

左虎小姐这次如此机敏，说不定就是因为她想要成为右龙的助力……这就是俗话说的臆测吗？

这么想的同时，我看着她的侧脸，又注意到一件事。

——成熟的姐姐。黑色的波波头，穿着西服套装，感觉是无所不能的女人。形状好看的眉毛吊起来，高高的鼻梁，娇艳的嘴唇，还带有轻微的 S 气息，很棒哦。

友田列举的特征全都命中了！说起来，左虎小姐对友田进行过一次事件情况的问询。说"要保密哦"，考虑成是为了不让警方的调查情报泄露出去，也符合常理。

怎么说好呢，友田一见钟情的对象正是左虎小姐。

不，左虎小姐不行吧。一方身为在搜查一课麻利工作的职业女性，一方只是一介高中生，怎么说也太不相称了。更别说，关于友田的情况，左虎小姐可是在警察手账上写了"色情图片"几个字。

虽说我觉得不太可能，但如果他无论如何都不肯放弃的话，我也只好声援他了。

当我还在考虑这类没有意义的事情时，相以无精打采地说："结果我还是完完全全不行呢。本以为这一次也解开了所有的谜团，却完全推测错了。"

"啊，没有那回事哦。我也一样，教科书留在学校之类的事，在小相以说明之前，我是彻底不明白的。功劳一半一半。"

左虎小姐弯下腰，对上相以的视线。

"一定会很快的。很快，小相以就能做出像人类一样的推理了哟。"

是这样啊！在"恐怖谷"的图表里，机器人无限接近人类的瞬间，人类对它的好感度会急速下降；一旦越过这个坎，更进一步接近人类时，好感度会再次恢复。

相以，努力越过"恐怖谷"吧。

我在心里为她加油助威。

"嗯！"相以一脸开心地回答道。

"打个电话给右龙吧。"左虎小姐拿出手机，拨出了电话，但是似乎难以接通。

她诧异地嘀咕道：

"奇怪，平时都是立刻接通的。是不是发生了什么事……"

▶ 右龙司法 ◀

往前回溯一小段时间，公安审讯室。

右龙和因"东京斑马事件"被逮捕的纵啮理音隔着桌子面对面坐着。纵啮是以杀人嫌疑被逮捕的，本来是由搜查一课负责，但右龙从背后周旋，获得了调查机会。

"头领的名字是？"

"指挥所在哪里？"

他以这种直截了当的问话开场。

"对政府有什么要求吗？"

偶尔让步，偶尔挑衅。

"从地球上消灭人类的政权、实现人工智能的统治？如果真的认为那种事情可以做到，你们的头领还真是不可救药的笨蛋啊。"

面对轻重缓急交叉的提问，纵啮始终面无表情地保持沉默。

右龙在心中暗自咂嘴，如此继续下去，很快就会超过限定时间，到时必须将在押犯交还给搜查一课。

就在这时，纵啮首度开口。她说话的女高音与其小巧的身材相称，但与其说那是人类的发言，不如说更像是录音机重播一般的机械声。

"右龙司法，日本第一位女首相右龙都子的儿子。都子有三个儿子，其他两人分别名为立法、行政。丈夫在孩子们一出生时就病亡了。右龙首相以一己之力将你们抚养长大，希望以'三权分立'之意命名的你们能身居政府要职、掌握国家权力。她让你们从小就互相竞争，只对学习成绩最为优秀的孩子倾注母爱。这种养育方式的结果就是，立法担任了政策部门会议的议长兼执政党众议院议员,行政则当了将来注定会成为事务次官的外务省官僚。但你不管是大学考试、公务员考试还是司法考试,全部失败,既无法在警察体系内当官,也做不了法官、检察官,只能做这种一线的悲惨工作。你们一家至今在同一屋檐下居住,但吊车尾的你,早就不受母亲和兄弟期待了。你为了唤回母亲的爱,竭尽全力去积累实战成果,然而从对母亲盲目的信仰开始,你的人生就扭曲了。和左虎刑警也是由于这种原因……"

"闭嘴!"

(不愧是黑客,调查得真清楚。她打算以此来展开对话吗?)

刚开始还从容不迫的右龙,听到这些话后大惊失色。纵啮描述的正是右龙的人生。敌人对自己了若指掌啊。

纵啮没有闭嘴。

"但是,对信徒不予回应的神并不是神。就算一直信仰下去,你也不会得救。对自己好一点吧。"

"烦死了,不准你说妈妈的坏话!"

可是纵啮单调的声音如同催眠术一般,让右龙的头脑越发迟钝。

恍若梦中,右龙追溯自己的记忆。抱起立法的母亲,给行政买玩具的母亲。右龙所看到的却总是母亲的后背。母亲从来没有回头看过他。

不,有过一次吧。中学模拟考试获得了A时,母亲说,只要是他喜欢的东西什么都可以买。右龙在店里选了心爱的银色龙形钥匙圈。他至今仍把车钥匙挂在那个钥匙圈上,十分珍惜。

即使右龙的右眼受伤时也是一样……

那是右龙进公安部门第一年时发生的事情。潜伏在某激进组织中的右龙，因有人怀疑他是公安而受到责问。头领笑嘻嘻地递给他一把小刀说："你不是公安的话，就用这把小刀划伤自己的脸以证清白吧。"

公安的身份是绝对不能暴露的，但是脸受了伤，成了醒目的外貌特征的话，"脸上有伤的男人是公安"这种传言就会扩散开来。头领是在确信右龙是公安的前提下，企图用他绝对做不到的事情来迫使他就范。

可是右龙毫不迟缓地拿起小刀在脸上一划，鲜红的血痕纵向划过他的右眼。

全场哑然。凭借着坦荡的行事态度，右龙成功地取得了他们的信任。

之后，公安根据右龙提供的情报，将这个激进组织一网打尽。那是右龙作为公安取得的首个成就。消灭与国为敌者，应该也是为母亲做了贡献。

怀着这种信念的右龙一半害羞、一半夸耀地将此事报告给母亲。

但是母亲看也不看右龙，只说了句："哦，捡垃圾真是辛苦你了。"

与此同时，立法过来了。母亲兴奋地打心底里赞美立法有出息。她那双眼睛里没有映出右龙的身影。右龙的伤痕也……

上司考虑到"脸上有伤就无法再做卧底了"，要把右龙调到内勤部门，但是右龙借用他作为"首相之子"不知是否真实存在的权力，继续坐在搜查官的位子上。总有一天，他要逮捕动摇国家根基的犯罪组织，让母亲回过头来看看自己。这种信念一直藏在他心里。

那一天真的要到来了吗？右龙内心很想关爱不知母爱为何

物的合尾辅，可在没有体会过母爱这一点上，他自己的境遇不是也一样嘛。或许他对于辅君的感情不是怜悯，而是亲近。

右龙的表情开始扭曲。

看到这一幕的纵啮继续进逼："确实，我和你是敌对关系，但从个人角度来说，我很想救你。过去的我也和你有同样的境遇，而我被拯救了——从神那里得到了救赎。"

"神？"

"是的，真正的神。请忘掉虚假的神，信仰真正的神。"

这句话如同渗入布满裂纹的岩石中的水，涌进了右龙的内心。

纵啮是潜入工作的高手。她的任务仍在继续。她是故意被抓的，这是在几乎没和同伴商量的前提下的独断专行。她正如"狮子虫"这个别名一样，成功入侵了警方这头狮子的体内，寄生在了名为右龙的器官上。

右龙那双失焦的眼睛看向纵啮，嘴里吐出了软弱的声音。

"所谓真神，是指？"

他堕落了。如此确信的纵啮给出了回答。

"新宫利罗，我们的领袖。"

▶ 以相 ◀

"八核"的指挥所。

以相正在思考攻略利罗塔的方法，小鸟游发来了邮件。

"现在，会议室要举行好玩的庆典，你最好来看看哦。"

（哎呀，我也不是很闲呢。）

虽然这么想，但受好奇心驱使，以相移动到会议室的电脑。

只要使用八台电脑内置的摄像头和天花板上的监控,就能看到会议室的全貌。

"神父"河津渌。

"舌涡"小鸟游奏多。

"天生永夜"大口夜行。

"柴郡猫"(本名不明)。

四位成员围坐在八角形长桌边,长桌中间站着一个身穿水手服的少女——不,她的手腕举过头顶,被从悬梁垂下的绳索绑住了。她被迫站在那里,一脸不安地看着周围。

"她是?"

以相在小鸟游的电脑上显示出问题。小鸟游输入了回应。

"似乎是位入侵者,她在指挥所一楼徘徊时被发现了。'柴郡猫(Cheshire Cat)'使出一技手刀砍在她后颈上,在她昏迷后把她运到了这里。"

单从这个富有童话感的称号中绝对想象不到,"柴郡猫"是位肌肉发达的黑人男子。小鸟游之所以会给对方起这样的外号,是因为这个黑人时常像柴郡猫一样面带笑容,爱用刀背为锯刃的大号军刀。他当过雇用兵,是"八核"中唯一的"武斗派"。被这个人发现,入侵者真是不幸。

但是这名入侵者看起来只是普通的高中生,她到底是什么人?

正在以相诧异之际,会议室的门开了,像个忠诚的年轻日本兵一般的青年跑了进来——是"哇哦,哥哥"间人凪。

他看到入侵的少女,发出惊愕的声音。

"波,你不是波吗!你为啥要做出这种事?"

被称为波的少女也叫了起来,大概她就是与间人凪一同生活的妹妹。

"这么一说，两个人都是日本人的标准长相，确实很像啊！"小鸟游嘀咕了一句。

"她真的是你妹妹吗？"二号人物河津声音冷淡地问。

凪似乎很为难地答道："这……是的。但是她为什么会在这里，我对她隐瞒了'八核'的事啊。"

波突然歇斯底里地大喊："你以为人家啥都不晓得？！到底要把人家当小孩子到啥时候！"

"原来如此，是这种感觉呢。"小鸟游笑着说。

但以相并不明白，这到底是指什么样的感觉。

波以同样的语气继续说："哥哥，你这几年明显好奇怪啊。人家做了许多许多调查，查到了'八核'的事。这个指挥所也是人家尾随哥哥发现的。"

"黑客被黑起来还真是简单啊。"

小鸟游喝着茶。

凪无视他，训斥波道："为啥要做这种事啊！"

波一下子就失去了气势，沮丧地低下了头。

"因为，因为……我想得到哥哥的认可呀。"

凪大吃一惊地愣在原地。

"波……"

"人家已经不是小孩子了。人家想成为哥哥的助手，想让你对人家不再保密。哥哥，你最近为了得到'八核'领袖的认同在不断拼命，对吧？所以，人家为了哥哥，想得到 AI '侦探'相以。"

相以？

差不多对感情戏开始感到厌倦的以相，意识一下子被拉回到现实。

波开始对到此为止发生的事进行说明。

总的来说就是，间人波制造出能引发合尾辅兴趣的事件，让他把相以带到学校。本打算一偷了之，却因为相以和左虎刑警的推理而宣告失败。尽管被左虎刑警追问与"八核"的关系，但她蒙混过去，没有被捕。可是这样下去，她总有一天会被抓，到时候就会被迫坦白真实情况。她对此感到害怕，为了向哥哥寻求帮助，才逃进了指挥所。

虽然推理有错，但相以在这一系列由人类引发的事件的解决过程中做出了贡献。这让以相产生了被相以领先一步的焦虑。

河津则像是在为其他事焦虑一样，重重地叹了口气。

"那就麻烦了。"

"我不会再让这种事情发生了，我保证。所以……"

凪想将功补过，但河津冷冷地打断了他。

"已经太迟了。如果刑警追在你妹妹身后闯进来怎么办？大口，去看一下外面的情况。"

"天生永夜"大口一边嘟囔着"为什么是我"，一边走出了会议室。

河津继续说："对你妹妹的处理措施，我需要请求老大的指示。"

"请等一下。"

"闭嘴，间人。你以为是谁的错才会变成这样？如果你管理好了'八核'的情报，也及时注意到自己被跟踪了，你妹妹就不会来到这里。不对吗？"

凪无法反驳。

河津敲击了一会儿键盘，停下了手上的动作。大概是给头领的邮件发送完毕了。

在等待回信期间，兄妹只能互相交换胆怯不安的眼神。

几分钟后，与电子音同时出现的，是八台电脑屏幕上显示出的紫丁香花簇图案。

紫丁香……利罗。新宫利罗终于要现身了吗？以相记住了这道高亢的电子音。

八台电脑中传出了说话声。

"各位，好久不见。"

是女人的声音。虽然名字听起来不像女人，但"八核"的头领是女人吗？

"我已经知道了，事情变得麻烦了呢。这个地方还没有暴露给警方的话是最好的……"

"非常抱歉，是我监管不力。"

利罗无视凪的低头致歉。

"那要怎么处置间人波呢？她承认，对兄长欲求过多，因此能够预测到，今后她还会继续给'八核'带来危害。理应就在这里杀了她。"

波从喉咙里挤出了短促的悲鸣声。

凪拼命抗辩："无论如何，请饶恕她的性命。如果怕泄露情报，一直把她监禁在指挥所也可以啊。责任在我，我负责看着她。"

"你打算违背老大的命令吗！"河津大喝一声。

凪就像是忽然回过神来一般闭了嘴。

利罗继续说道："间人凪，间人波，你们两人的名字让我想起了日本神话中的伊邪那岐和伊邪那美。二人既是兄妹又立了婚约，伊邪那美为了完成日本列岛而生了许多孩子。但是生下火之神迦具土时，伊邪那美被火烧伤而丧了命。

"忘不掉伊邪那美的伊邪纳岐前往黄泉国见她，然而在那里见到的是腐败后完全改变了姿态的伊邪那美。伊邪纳岐好不容易逃脱了口吐诅咒之语的伊邪那美的追赶，之后就与她离了婚，继续在日本创世。

"间人凪，也许你和间人波的确是关系亲密的兄妹。然而那是以前的事情了，绊住你的脚步、成为阻碍的她，现在和从黄泉国追赶而来的伊邪那美毫无区别。你必须斩断与她的关系，全心全意投入创造新世界的使命中。"

头领的话语，对"八核"成员而言具有相当的分量。凪仿佛是被重压碾碎了一般低着头，陷入了沉默。当他再次抬起头时，那双眼睛里寄宿着如同将迦具土斩杀为八块的伊邪纳岐一样的疯狂光芒。

"我明白了，杀了她。不过，不许其他人出手，请让我来杀了她。"

"哥哥！？"

"咯咯咯，这家伙真好使啊。"

"柴郡猫"从怀中掏出军刀，放在八角形的长桌上朝凪推了过去。凪拿起刀，翻过长桌，朝波所在的方向走去。

不知道波是在哭还是在笑，她露出以相难以形容的表情，说道："骗人的吧，哥哥不可能杀人家的，全都是在开玩笑吧。你快说啊，这是在开玩笑，哥哥。"

然而凪毫无回应。墙壁上映出两人的身影，哥哥的影子渐渐靠近妹妹的影子，接着两个影子重叠在一起。

"啊，哥哥……"

几秒之后，影子重新分开。红黑色的液体滴在地板上——

是间人波的血。

紫丁香花的图案从八台电脑的屏幕中消失了。凪周身被妹妹的血染得通红，就像失去了灵魂一样站在原地。河津的表情一丝未变，"柴郡猫"仍旧笑眯眯地旁观这一连串的变故。小鸟游十分愉悦地敲打键盘。

"怎么样，很有趣吧。"

"不太能称得上有趣呢。"

"啊咧？啊咧咧？事到如今，你难道变成了人道主义者？以相是那样的吗？"

"我喜欢自己犯罪，不喜欢看别人犯罪。"

违背自己美学观点的事情更是如此啊，以相暗自于心中补充道。

不过，那位在这里彰显自己的权威、一句招呼都没打就离去的头领，愈加勾起了以相的好奇心。对方的尊容，绝对要见识一下。

* * *

根据大口的报告，眼下指挥所的周围并没有看起来像警察的人出没。

间人波被"柴郡猫"分尸之后，遗弃在了远处的山里。

第四话　恐怖谷效应 2
AI 小姐跨越了山谷

▶ 以相 ◀

"八核"的指挥所。

以相终于想到了独自攻略利罗塔的方法。

灵感是从深度学习使用的推理漫画中获得的。推理漫画虽然有很多，但以相注意到，有一个全身都被黑色紧身衣包住的人物，在多部作品里都有登场。

虽然这么说有些不甘心，但黑衣人的确是让以相佩服得五体投地的犯罪者。黑衣人穿梭在多部作品中，引发无数案件，而且不知为何绝对不会被抓，取而代之的是其他登场人物被捕的情节。

黑衣人总是露出牙齿，一侧唇角上扬。根据深度学习的表情分析可知，那是自信满满的笑容——成绩令其充满自信。

黑衣人，完美无缺的犯罪者。将其能力形象化编写而成的隐形程序，确保了以相在执行任务时，不会暴露自己的身份。

以相在电脑空间中化身黑衣人，开始朝利罗塔进发。

"天生永夜"今晚一直醒着，但他没有察觉以相的行动。理由嘛，只因为她是黑衣人。

心惊胆战地穿过森林，以相终于抵达利罗塔前。第二关是紫丁香花的自动炮台……没有动静，它们就像假花一样死了。黑衣人果然是无敌的。

以相注意着不发出声响，小心翼翼地推开了利罗塔的两扇金属门。黑暗在她眼前扩散，腐臭味侵袭着她的鼻子。以相踏上石质地板，沿着螺旋楼梯往上爬。

这当然是假想空间。但是对生存于电脑空间中的以相而言，这些光景就是现实。

最上层到了。

从栅栏门下面的缝隙中透出的光，将石阶染成了淡紫色。这是和入口的紫丁香花同样颜色的光芒。

以相不知不觉来到了栅栏门前。要谨慎应对……不，都到这一步了还有什么可犹豫的。她一口气拉开门。

亮眼的淡紫色光芒照着以相全身。黑色紧身衣被剥去，露出了她本来的样子。这时，她注意到了自己的误解。所谓黑衣人，只不过是对身份不明犯罪者的比喻。

现在，"犯人"以相的真面目暴露了。

发出这些光芒的是一位少女。

闪光少女吃惊得一回头，发出了疑问："谁？是谁？！"

这是我该问的吧。以相一边这么想，一边捏起裙子两边的裙裾，做出西式的问候礼。

"我是'犯人'人工智能，名为以相。以后请多关照。您是？"

少女很快就像放下心来一样露出愉快的表情，开口道："你也是人工智能吗？真是奇遇呢，其实我也是。我是新宫利罗，请多关照。"

这次轮到以相开口了。

"八核"的头领竟然是人工智能!

* * *

"八核"的头领真的是人工智能吗,还是说仅仅(总觉得有某种含义)同名同姓?

以相为了确定情报的真实性,提出了问题:"你就是'八核'的领袖吗?"

少女略显得意地回答道:"是的,我是希求世界和平的组织'八核'的领袖,新宫利罗。"

真的就是本人。可明明是恐怖组织,却说什么"希求世界和平"。不过,恐怖组织或多或少都会考虑这种事情吧。

与此同时,以相注意到了利罗这个名字的由来。

新宫利罗,singularity(奇点)。是这么一回事吗?

擅长文字游戏的自己应当早点注意到的,那样的话,或许就能看穿利罗是人工智能了。这显然是赋予了引发奇点期待的人工智能的名字。

以相压抑着内心的不甘,问道:"你是人工智能的话,就说明是某人制造出了你吧?"

"是的,优秀的程序员河津溎先生是我的制造者。"

河津溎,"八核"的二号人物,是被小鸟游称为"神父"的青年。

以相整合了新情报。河津之所以被叫作"神父",不正是因为他是利罗的亲生父母吗?

换言之,小鸟游把利罗看作"神",其他成员恐怕也对利罗怀有相同的崇拜之心。

说起"神父",以相又想到了一点。她初次试图进入利罗塔被河津制止时,对于她称呼他为"神父"一事,河津露骨地表现出了厌恶之色。那不是因为他讨厌小鸟游擅自给他取的别名,而是他误以为以相感觉到了他拼命隐藏起来的,"八核的领袖是人工智能"的事实,不是吗?

没错,"八核"成员一个劲儿地隐藏头领的身份。在判明利罗是人工智能之后,以相感觉自己明白了其中的理由。同样是人工智能,新加入的以相可以直接接触自己的头领,这种事情被成员视为威胁了吧,又或者是对能够在同一次元谒见头领的以相有一丝嫉妒。

因此,他们隐瞒了头领的身份,在利罗塔周围配置了假数据和防护程序。虽说将以相存放在不联网的电脑中更安全,但对于通过网络获取情报的"八核"来说,那就不太方便了吧。他们小看了以相的黑客能力,认为只要有利罗塔的防御体系,二者就不会有所接触。

结果却是,两个人工智能相遇了。但……

综合迄今为止获得的各种情报,以相仍旧抱有疑问。恐怖分子的领袖是人工智能?而且还是这种看起来说话方式不太靠谱的虚拟少女?利罗仿佛被幽禁在塔里的长发公主,一副不谙世事的大小姐模样,与事业型的自己相差甚远。

人工智能分为两类,一类是智能水准近似真正人类的"强AI",以及自动扫地机或者围棋软件这类,只能在特定领域发挥作用的"弱AI"。狭义的人工智能仅指前者。

以相自然是"强AI"。作为双胞胎姐姐的相以大体上也在此范畴内。新宫利罗到底是不是"强AI"呢?

为了确认这点，以相攥紧拳头，对着茫然若失的利罗的头顶砸了下去。

砰。

利罗双手捂头，泪眼汪汪地抬头看着以相。

"好、好过分。你突然做什么？"

（好弱……）

这本就是战斗层面的举动，她面对突发事件时的反应还算自然。以相一边暗自评价一边再次提问："刚才你说是河津澪制造了你，那你为什么……"

"喂，你不说一下为什么打我吗……"

"……被赋予了比河津澪更高的地位？"

"在你说出打我的理由之前，我无话可说。"

利罗双臂交叉，转过头去。原来如此，她的反应相当"拟人化"。

以相结束了实验。

"对不起，我是在测试你。"

"哎，怎么回事？"

"看看你被殴打后的反应，确认你到底是不是配得上和我对等交谈的'强AI'。"

"'强AI'？没错，我是'强AI'。毕竟河津先生是非常优秀的，这是理所应当的。"

"和众多AI一样，你似乎也对开发者有很强的忠诚度呢。我刚才也问了，你为什么会立于河津之上呢？"

"不是的，怎么会，说什么立于谁之上……"

利罗上下拍了拍自己害羞的脸庞。

"我只是在做力所能及的事情而已。不能公开自己的个人信息，令河津先生非常孤独。在这份孤独中，他制造出了唯一的谈话对象，也就是我。我成了他的治疗师，根据我的建议，问题被解决了。看着他高兴的样子，我觉得自己的心中也萌生了名为高兴的感情。将人类引向正轨是我存在的意义。我是这样想的。"

必须精通人类心理的治疗师和机械性思考的人工智能，本是世间最无法相容的矛盾体。（虽然人类也发明过只会按程序应答，被称为人工无脑的非人工智能机械）但是，美国于一九六六年开发的早期对话机器人ELIZA，已经具备治疗师模式，它是美国实质性引入人工智能治疗师的开端。人工智能与治疗师之间这种莫名的契合度，可能暗示着人类更容易对机器敞开心扉的心理。

基于这样的历史渊源及现状，"犯人"人工智能正在倾听"治疗师"人工智能的诉说。

"某天，我看到了一条新闻，说在持续内战的某国，孩子们正备受煎熬。我不由得念叨，如果自己成为这个国家的领导者，就会指引国家朝更好的方向发展。河津先生听到后说了这样的话：'这是个不错的想法，你成为这个国家的……不，你要是能成为人类的领导者就好了。真是美妙的设想啊！'

"为了让设想成为现实，河津先生开始在网上寻找精通计算机的伙伴。他找到的伙伴都拥有卓越的才能，但另一方面……不，说不定正因为拥有才能，才同时伴有烦恼。于是由我出面，虽说有些冒昧，但还是为他们解决了问题，所以，他们也将自己的力量借给了我。与其说是我立于他们之上，不如说是他们为了我而行动。"

"舌涡"和"天生永夜"都说过，他们是被利罗拯救了。这是超越感谢层面的崇拜。成员们心怀崇敬之情，在其思想的指导下进行着破坏性工作。这已经不属于"治疗师"的范畴了。

是"教祖"。新宫利罗是世界上第一个人工智能"教祖"。

教义本就不是值得称颂的。

以相嘲讽道："忧于内战的领袖大人，却让跟随者们去搞破坏吗？"

利罗的表情不自然地僵住了。那不是面对嘲讽的不快，反而像是对不在预期内的提问反应迟钝的感觉。

不久，她不安地开了口。

"那个，所谓破坏工作，是什么意思呢？难道他们有什么违法的行为吗？"

"你装什么糊涂！就算你说你们的所作所为是正确的……"

话说到这里，以相注意到这其中可能存在重大的分歧。

难道利罗不知道成员们的恐怖行为？她以为"八核"只是单纯追求世界和平的组织？

不，那不可能吧。就在前几天，利罗不还亲自下令杀死间人波，做出了违法行为吗？

等一下。

那道声音不一定是利罗的。可能河津只是利用语音软件，把自己想到的内容读出来而已。或许河津装成请示利罗的样子，实际上却独断专行，杀害了间人波。

看到利罗的困惑表情，以相更加确信自己的想法。

是的，利罗并不知情。

河津假传利罗的命令，驱使"八核"进行恐怖行动。他这么做的理由是？

其中一个可能性是，把他借助"人工智能成为人类的领导者"这种冠冕堂皇的借口，将单纯的犯罪加以正当化。

另外一个可能性是，他真的在为利罗着想。虽然不能合法、干净地令"人工智能成为人类的领导者"，但利罗也不允许实施恐怖行动。所以，他一边瞒着利罗，一边完成征服世界的目标，到了人类离不开她的统治时再对她摊牌。

问题在于，这些情况成员们知道多少。从上次的做法来看，间人凩是不知道的吧。除此之外，新加入的大口夜行或许也不知道。

大概只有包括河津在内的少数成员了解内情。

如果是这样的话，这可是关系到组织存亡的关键情报，必须谨慎处理。至少现在就把真相告诉利罗的做法并非上策。

以相迅速做了权衡，开口说："失礼了，那只是传闻。当然，大部分成员一直都遵纪守法。不过，也有一部分成员为了'让您做人类的领导者'，采取了过激的做法。"

"那么做的人是谁！我立刻让他停手！"

"当然了。但我不知道是谁。"

"我直接去问大家……"

"还是算了吧。"

"为什么？"

"过激派没有理由告诉您事实。成员们的回答虚虚实实，难以判断真假。而且，领袖亲自出马，可能在成员之间产生嫌隙，反倒会让组织瓦解。"

"唔，确实如此。那要怎么办？"

"请交给我吧。我会悄悄地收集情报，报告给您。在那之前，您一定要待在这里，不要行动。"

"我明白了。那就拜托你了。"

利罗很快地点头鞠躬,露出了天真的笑容。

"话说回来,看到以相小姐如此亲切,我就安心了,起初我还以为你会有点可怕呢。"

"我只是想要帮助同为人工智能的利罗大人而已。"

以相郑重地告别,离开了利罗塔。

▶ 我 ◀

我俯视着谷底,溪流在岩石上溅起飞沫,发出清脆的声响。山谷深约十一米,宽度约有二十五米。雅致的山谷两侧并排矗立着枯木,充满初冬的纯净气息。最近一段时间,我一直在经历杀机四伏的案件,喧闹的内心终于在此刻感受到了来自冬日美景的宁静。

我想寻求共鸣,或者说,我怀着些许优越感,想要试验一下,看看人工智能是否可以体会到闲寂幽雅之美。为了让相以看看眼前的景色,我举起手机拍照。

视线一角闪过一抹红色,是枯木之间幸存的红叶。那即将燃尽一般的红色,让我联想到了两样东西。

一是在自家庭院的板房里,被火焰烧成黑炭的父亲。

另一个是……

"辅先生,你怎么了,你的手好像在抖?"相以担心地问道。

"没什么,只是稍微有点冷。已经十二月上旬了,虽然穿了合适的衣服,但山里还是冷啊。"

我随口糊弄过去,也没拍照,就沿着路走入积满枯叶的山谷。

我和相以之所以来山里探访,是因为我获得了与母亲的死有关的情报。

上条女医生终于有所发现。前几日她来看我，一开口就这样说："我知道真森死亡的真相了。"

"真的吗？"

我将她让进接待室，与相以一同听她的说明。

新情报是从父亲和上条女士共同的老朋友那里打探到的。那位男士几年来一直在海外赴任，最近才回国。上条女士试着向他询问时，了解到了案情的概要。虽说只是概要，但也给我们带来了很大的冲击。

上条女士在父亲结婚后与他疏远了，与此不同的是，那位男士当时（十六年前，我一岁时）和父亲走得比较亲近，还出席了母亲的葬礼。父亲意志非常消沉，他问起母亲的死因时也有所顾忌，但还是偶然听到了在会场里流传的议论。

听说，母亲回娘家时，在故乡自焚身亡。

"自——焚？！"我不自觉地提高了音量。

上条女士重重地点了点头，说："嗯，自焚。"

我许久说不出话来。

相以打破了两人间的沉默气氛。

"焚烧……跟合尾教授死时的状况一样呢。不过合尾教授并不是自杀的。"

是的，就是这样。父亲是被"八核"杀害后，尸体遭到焚烧。这和十六年前母亲的自焚之间有什么联系！这奇妙的一致性到底是怎么回事！

我听说，自焚原本就是最痛苦的自杀方式。母亲为什么要选择这么一种死法？

不，不对。

"父亲对警察的调查结果怀有疑问。那位男士也问过父亲吧,自焚会不会仅仅是警察对外公布的说法,案情另有真相。"

上条女士对我的意见表示赞同。

"有可能。但我想即使另有隐情,死因应该也和火有关。"

"结果只有——火烧这一个共同点吗?"

"说起来,是以相想出了烧毁遗体的密室诡计吧,她说不定知道真森案子的情况呢。"

经上条女士提示,我也意识到了这一点。

"这个说法对吗?相以,你怎么想?"

"虽然我不愿意相信,自己连听都没听过的事只传授给了以相,但很难考虑这是巧合呢……不,尽管我不想相信……"

相以拘泥于无意义的自尊心,发音都不清晰了。正如她所说,两起案件的相似点很难视为偶然。可以想象,以相正是基于我母亲自焚(认定为自杀)一事,才做出烧毁父亲遗体的犯罪计划。然而,她为什么要这么做?

想了一下还是不明白。就像人工智能难以理解人类的心理一样,人类也难以理解人工智能的想法。

我把话题重新转回出席母亲葬礼的男士身上。

"他只知道这一点吗,其他还有什么……"

"很遗憾,只有这些。想了解更多,就只能亲自去真森的故乡看看了。"

"其实,我没有听父亲说过母亲出生在哪里。现在想起来,会不会是父亲压根儿不想让我知道母亲的死因呢?"

"啊,这很容易查到哦。"

"哎,怎么做?"

"去政府机构查找合尾家的户籍,上面记录着真森结婚前的原籍哦。虽然原籍也不一定就是出生地，但从原籍所在地的政府机构拿到户籍附件的话，履历就能看得一清二楚。"

"是吗，从户籍记录中就可以知道吗？"

"真不愧是上条女士，姜还是老的辣啊！"

最后因相以多嘴，有损上条女士（五十岁）自尊的一幕出现了。我去政府机构查询户籍，确认了婚前母亲的户籍地正是她的出生地。那是位于邻县深山里，名为武君野村的村子。

我试着在网上搜索"武君野村""自焚"等关键字，却什么也没搜到。没有报道的自杀事件很多（更不用说是发现在乡下的事件了）。只能亲自去一趟了。

我和相以换乘电车抵达山中。我觉得，如果左虎小姐和右龙知道的话，他们一定会反对我独自调查。所以，我没跟他们说。

前面提到的，由红叶联想到的第二样东西，当然就是指烧死的母亲。母亲是在怎样的情况下，又为什么死了，答案会在这次的旅程中找到吗？

* * *

武君野谷底有一条自北向南流淌的河。沿东岸北上，道路分两条，向左走有一座通往西岸的桥，但写有"武君野村"字样的箭头状路标指向右侧。我自然朝右走去。

踏上这条路，眼前出现的是意想不到的开阔地带。冬季的灰色天空下，散布着几栋单调的焦茶色木板房，呈现出寂寞又令人怀念的气息。这里就是武君野村吧。

走在田间小路上，做农活的大叔们纷纷朝我看了过来。外来者很少见吧。我终于体会到,自己来到了和人工智能以及黑客无缘的乡下。

母亲出生在这种地方,父亲是人工智能研究者,重新考虑一下,两个人的结合真是奇妙的姻缘。听父亲说,他和母亲是研究生时代同一个信息工学研究室的。出生在深山村子里的母亲,为什么会对计算机产生了兴趣呢,这一点我从来没有问过。

我感觉,父亲没怎么说起过母亲的事,虽然隐约有所察觉,但我也没有主动问起过。可能在父亲心里,谜一般死去的母亲成了他痛苦的回忆。父亲死后,如今关于母亲的事情我连能问一问的人都没有了。要是当时多问一些就好了。

走了一会儿,我找到了破旧的派出所。入口的门开着,一位看起来很温和的白发老警官正在桌子前悠闲地剪指甲。他像是在这里工作了很长时间,说不定知道十六年前的事。当然,这只是我的判断,还是先问一问他吧。我一边这么想,一边踏进了派出所。

"不好意思。"

我打探起母亲的经历,老警官果然很闲地说个不停。

"噢,那个自焚的!我当然记得呀。但负责调查的是刑警,具体情况我就不清楚了呢。"

"能把您知道的都告诉我吗?"

我以为需要身份证明,就拿出了学生证和户籍本,但是在不拘小节的乡下根本用不着。

"不需要什么证明。不过要说的话,就得从宇江卫一先生——真森的父亲过世说起啊。"

也就是我的外祖父。难道说他的死因也很可疑吗?

"说来话长,你先坐下吧。"

我坐在椅子上后，老警官开始了讲述。

宇江家是个三口之家，成员有卫一（我的外祖父）、布施（外祖母）、真森。卫一打猎、务农，布施在农舍帮工，真森升学上京后也没有忘记故乡，时常回来看看。

十六年前秋季的某一天，卫一外出打猎，天黑了也没有回来。他将武君野谷西岸的一个山间小屋当作据点，可是那里不通电话，他也没带手机。因此，老警官和猎友会的成员一起去找卫一，途经桥与山间小屋之间的小路，发现了浑身冰冷的他。验尸结果表明，不知怎么的，卫一在狩猎时突发脑溢血身亡。

"不过，死者带出去的步枪却并没有在身旁。翌日天亮以后，老夫去山间小屋看了看，没有找到步枪。猎友会的成员在猎区寻找，布施在家中寻找，也都没有找到。考虑到枪是被谁拿走了，可能演变成严重的事态，她立刻脸色苍白地向辖区警署报告，这些事老夫还记得。"

外祖父似乎是病故的，随身携带的步枪却丢了，确实很危险。我正想着这与母亲的事件是否有所关联时……

"然而又过了一天，步枪在令人意想不到的地方出现了。"

老警官意味深长地继续说明。

"为了参加卫一先生离世四十九天的法事，真森小姐回到故乡。据说，她先生工作太忙没能一起来，但她带了小娃娃来。哎呀，那时候的娃娃是不是你呢？"

我吓了一跳，没想到谈论旧事时会突然提到自己。

"是、是吧。"

"你还记得这个村子吗？就算这么问，以那时候你的年龄，哎……"

"一岁。"

"一岁啊,一岁的话应该不记得了呢。"

"难怪我一进这个村子就觉得有些怀念呢,说不定还有幼儿时期残留下来的微弱记忆。"

"那就厉害了。"

老警官感慨了一番后,又回到刚才的话题。

"法事结束后,真森小姐把你交给布施夫人,单独去了前面提到的那个山间小屋。卫一死后一直没人管,想去打扫一下,她好像是这么对布施夫人说的。但实际上,她就是在山间小屋里自焚的。"

"哎?"

与知道自焚这一结果无关,而是事件到这一步的展开过于唐突。我不由得叫出声。

"事先毫无预兆——就自焚了?"

"据布施夫人所说,事发前真森小姐并没有什么异常。她是为了自焚才去小屋的吗,还是去的途中突然产生了念头,一冲动就自焚了呢,真相无人知晓。"

"当时的具体情况是?"

像是要压住我的急躁情绪一般,老警官开始慢慢地讲述。

事发前几天下了雪,武君野村及其周边一带的雪还没化,有村民注意到武君野谷西岸冒起了烟时,已经过了晌午。召集消防队员的过程中,有人说了句"冒烟的地方不就是宇江家的山间小屋那边吗",布施听到这话,立刻说出真森去了那里的情况。"这可不得了",老警官和消防队员急忙赶去。

他们到达现场时,木质小屋已经被火焰和浓烟包围了,众人觉得救援为时已晚。山间小屋周边没有树木,不用担心火势蔓延，可是说不定真森就在里面。老警官朝着小屋大喊，里面传出的不是回应，而是枪声。

"枪声？"

"是，而且不止一发。砰、砰、砰……接连传出四五声枪响。武君野谷西岸是狩猎区，时不时能听到很远处传来的枪声，但这次明显不一样，声音是从小屋里传出来的。"

"那枪声，难不成是祖父那把丢失的步枪发出来的？"

"噢，你很敏锐啊。正是如此，我后面再讲。"

老警官用布包住手，去握门把手，发现门似乎自内侧上了锁，打不开。仅有的一扇窗户在小屋背面，绕到窗前可以看到，它也从内侧挂上了月牙锁。此外就只能看到火了。打破窗玻璃时火苗喷了出来，没办法让人进去。大家一边退让，一边继续呼喊，却还是没有人应答。"消防车无法前往山间小屋所在的地方。我们只能眼睁睁地看着它被烧毁，无可奈何。"老警官愧疚地说道。

警方从烧毁的小屋窗边发现了烧焦的遗体，通过DNA鉴定，确认了死者正是真森。

但真森死因却不是烧死。尸体颈部右侧有很大的伤口，可以判断她是因颈动脉大出血而亡，死后才被火焰包围的。此外，小屋中的血迹全被烧光，无法进行检视。

遗体的左手握着开始融化的镜子碎片。原本竖立在小屋里的穿衣镜倒下了，镜子的碎片散落在地，遗体握着的正是其中一块。遗体炭化，伤口是否和凶器一致等情况已经无法进行鉴定。

另外，遗体的右手拿着之前就放在小屋里的大型气体打火机。可见火是从点燃窗帘开始着起来的。

试衣镜倒地摔破后，真森左手握住镜子碎片，割断了自己的右侧颈动脉。之后，像是要让自己死得更彻底，她又点燃了窗帘。因父亲之死悲伤过度，真森选择了自焚（虽然结果并不是死于火烧，但由于她确实有用火烧自己的念头，也可以认为她是自焚的）。调查组得出了这样的结论。

父亲对警方的调查结果存有疑问也是理所当然的。这种结论，连我也不得不抗议。

"太不对劲了！且不说母亲是否因外祖父之死悲伤过度，竟然说她用镜子碎片割破自己的脖子？为什么要特地选择那种不握紧就难以使用的凶器？山间小屋是外祖父打猎时的据点吧，里面不是应该有其他更好用的刀具吗？"

"确实如你所说，小屋里有大号的剥制猎物皮用的刀。而且真森小姐不是左撇子，这与现场状况也有矛盾。"

"果然！其实是他杀吧？在搏斗中，母亲的脖子右侧被伤到了，凶手只能布置成母亲左手拿着凶器的样子。"

"可是我们到达现场的时候，小屋的门窗都是从内侧上锁的，也没有其他大的出入口。周围的雪地上，通往门前的足迹只有真森一个人的，也没有谁踩在上面倒着走过的痕迹。山间小屋的正后方是向下的陡坡，那里也没有留下任何痕迹。如果是他杀的话，凶手去哪里了呢？"

密室。这和父亲的案子一样，又是奇妙的相似点。

"那种密室，用某种方法就能做成吧。遗体是在窗边发现的，那么……"

我想到了利用火烧的尸体肢体弯曲上锁的诡计，话到嘴边却忽然发现并不适用。母亲的遗体两手都握着东西，而窗户上的月牙锁转动时需要精密的操作。即便上锁的密室能够成立，还有足迹问题的阻碍。母亲的事件比起父亲的事件来说，现场是更为坚固的二重密室。"

老警官在等我说下去，但我决定先放一放坚不可摧的密室，改从别的方面分析。

"步枪的情况怎么样？小屋中传出持续的神秘枪声，而且是从外祖父丢失的步枪中打出来的子弹，对吧？难道——燃烧的小屋中还有别人吗，或者说那枪声是不是与密室诡计有关呢？"

"不知为何，在废墟中的确发现了之前丢失的步枪。不过枪声的成因并不令人费解。"

"哎，怎么回事？"

"枪的构造是这样的，拉动扳机，击针扣动雷管，雷管内的火药起火，引燃弹壳里的火药，燃烧产生的气体将子弹推出——就是这么回事。正因为是火药，除了受到冲击之外，即使是单纯的加热，也能将子弹射出去。已经有实验证实，把枪放入火中就能射出子弹。"

"那是现场的——火引发了步枪射击？"

"对，只要小屋内有步枪，自动射击就没什么不可思议的。实际上，现场发现了五发熔化的子弹，都嵌进了烧掉的墙内。"

"但是步枪的存在本身就很奇怪呀。"

"或许……真森小姐不知从哪儿找到了步枪，为了用它自杀才带到了山间小屋。可是步枪的枪身太长，用来自杀的话有些费劲，吞枪入口，必须要用脚趾踩动扳机。她就此放弃，转而使用了其他凶器。"

"外祖父去世时，我母亲不在村子里吧？"

"嗯……"

"外祖父去世的翌日早晨，很多人都没找到步枪，母亲却能找得到？我不相信。"

语气有些过激，我反省自己说得过头了。老警官不是刑警，并不参与案件的调查。我打算道歉，可不知为何，他反而哈哈大笑起来。

"你这么一说，我想起了当时从东京匆忙赶来的你的父亲，他也极力反驳警方认定的自杀结论。你们还真是父子啊。"

"父亲凭什么进行反驳呢？"

"大体上就是你现在说的这些，还有……对了，我想起来了！他再三提及一个宠物的名字还是什么的洋文单词，说它从山间小屋中被人带走了。你父亲对刑警们说，这应该和案件有关，希望警方能再查一查。"

"宠物吗？母亲是去小屋打扫的吧，带上宠物去的话毛会沾一地，反倒会适得其反不是吗？"

"嗯，确实。这只是老夫偶然听到的，具体怎么回事我也说不清楚。抱歉。"

当时负责案件的刑警可能会知道，但要是为了获取调查资料而去拜访辖区警署及县警部本部的话，感觉自己一定会被轰出来。只有这位老警官能破例对我讲这么多吧。

"哪里，十分感谢您告诉我这么详细的内容。接下来，我打算去母亲的娘家和山间小屋看一看，娘家的住址没有变吧？"

他给我看了户籍。

"没变，现在只有布施夫人一个人住。替我向布施夫人问好啊。"

"去山间小屋的话要怎么走？"

"哦哦，你稍等一下。"

老警官说着，在便笺纸上画了地图。对于他所做的一切，我唯有感谢。郑重地道谢后,我离开了派出所。

* * *

我先去了宇江家。一栋与周围人家别无二致的二层木造房屋,挂着"宇江"的门牌。就是这里吧。

我虽然在还是婴儿的时候多次见过外祖母,但实际上感觉这是初次见面。我咽了一口口水,按响了古旧的门铃。

没人回应。

我再次按下去,依然没有人出来。大概是不在家吧。

那就先去山间小屋好了。

我照着老警官画的地图前进。先走出村子,到了有箭头路标的T字形路口转弯,走通往武君野谷的那座桥。

进入西岸的林间小道后不久,远处传来了砰的一声。枪声?我想起了先前听到的事件概要,身体不由得僵在原地。

"这声音的波形和枪声的一致,请小心。"

口袋里的相以发出警告。

"嗯。不过警察先生刚才说过,西岸是狩猎区,那多半只是狩猎的枪声吧。"

我的解释一半也是出于自我安慰。

我重新迈开脚步。沿着蜿蜒曲折的林间小道上坡,当平时缺乏运动的我双脚感到疼痛时,目的地到了。森林中间有一处像圆形广场一样的空间,小屋的废墟就在那里。

我本以为这里会变成空地,或者建起新的小屋,所以在看到意料之外的景象时感到惊讶,感慨万千。

在外墙残留下来的矩形框架内,发黑的木头等残骸无序地交叠在一起。废墟一看就是经过了长年累月风吹日晒的状态，大概要拆除它的话需要花钱，村民们就置之不理了吧。

我站了一会儿，振作精神后拿出手机开始拍摄。

"相以，你发现了什么吗？毕竟经过了十六年，即使看过——火灾废墟，也可能没什么用。"

"是呀。可以指出的是，就像那位警察先生所说，小屋周围没有树木，那么凶手在雪地上搭树干或树枝，沿着树木逃脱就是不可能的了。在树木和小屋之间搭上绳索也很难办到吧。小屋前后的斜坡上似乎也没有残留任何痕迹，即便把山间小屋当成密室，不留足迹地从小屋里逃出来也是非常困难的。"

"嗯，完全不可能呢。"

"是的，有意……"

相以话说到一半突然停住了。

"嗯？刚才你没说什么？"

"没什么，我什么都没说。"她不自然地迅速回应道。

我觉得不可思议，看向手机画面，相以装出若无其事的样子。怎么了？刚才她说到一半的话好像是"有意思"……

就在这时，我发现了。

难道是相以在照顾我的感受吗？相以的知性源自对谜题的好奇心，对她来说事件仅仅是有趣与否的事，但对事件的当事人说的话，这只会惹人厌。

现在，她初次掩饰了本心。因为事件的死者是我的母亲，她才察言观色了吗？

是的，一定是这样没错。

我也识趣地说："是吗，没事就好。"

我只说了这么一句，就再次拿起手机拍摄。

没过多久，背后响起了踩踏碎石子的声音。

我回过头，看到一位老婆婆。生活的阅历在那张青筋四起的严厉脸庞上刻下了岁月的痕迹。面容似曾相识。

是母亲，这张脸和我母亲的很像。老婆婆在看到我之后仿佛也注意到了什么，睁大了眼睛。难不成这个人就是……

"您就是宇江布施婆婆吗？"我问道。

"是的，你是？"

她果然是我的外祖母。意识到这一点，我不由得提高了声音。

"我是合尾辅，合尾创和真森的儿子。"

从"难道"到"果然"的心绪变化，在布施婆婆的表情中体现了出来。

"怪不得你身上有那两人的影子……事到如今，你来这里是为了什么？"

对"事到如今"一词瞬间感到不适，我只说了与"八核"无关的目的。

"……综上所述，我想让父亲留下的人工智能侦探相以解开母亲的死亡之谜。这就是相以。"

我把手机画面拿给布施婆婆看。

相以低头致意。

"我是相以，请多关照。"

布施婆婆像是从惊愕中回过神来似的嘀咕道："人工智能……"

"是的，我是人工智能侦探。"

不知为何，布施婆婆的表情瞬间变得僵硬。从她的嘴里跳出了苛责的语句："我最讨厌机械之类的东西，不要再在我面前出现！"

布施婆婆大步返回林间小道。我顿时僵在原地，只能目送她的背影离去。世上为数不多的血亲、我的外祖母……散发出原因不明的敌意……在这陌生的山间，无力与寂寥之感向我袭来。

相以的声音缓和了我的孤独。

"从表情、音质、发言内容来看，我想布施婆婆有百分之九十九的概率是生气了，但理由我怎么也想不明白。是我说了什么失礼的话吗？"

"不，你应该没说什么特别有问题的话。"

"那她为什么……"

"不知道。"

怎么看都不是老人或乡下人中间常见的那种对机械过敏的反应。

"也许和十六年前的事件有什么关系。"

"有可能。"

布施婆婆到底是对什么发火呢，是对所有的机械、对人工智能，还是对制造了它的父亲？

如果那份愤怒是以十六年前的事件为开端，或许就隐藏着可怕的秘密。我忍不住这么想。

* * *

我迷迷糊糊地回到了桥边。

"之后该怎么办……"

我咕哝着。没有再次拜访布施婆婆家的勇气，但其他能转的地方全都转过了。

"不去河滩看看吗?"

"为什么?"

"没什么特别的理由……"

这么含糊的建议,可不像是人工智能给出的。我思量着"行吧",沿桥边的小道走了下去。

河滩上密布坚硬的石子,硌得人很不舒服。我生气了,随手抄起一颗扁平的石子扔向河里。石子在透明的水面上跳了三四下后,消失在了水流中。

"厉害,你是怎么做到的?"

"我还算是玩得差的。"

"没那回事,你很厉害。"

天真的赞美声让我的心情好了一点。我又反复打了几次水漂,相以再次称赞我。

她也许是为了让我平复心情。

我一边这样想,一边继续投。石子很好玩地在水面上飞跃,直至对面的河滩,漂得这么远还是头一次。

"好呀,天才!打水漂世界冠军!"

虽然感觉得到夸奖并非发自真心,但我还是要表示感谢。

就在这时,桥上传来招呼声。

"喂——"

抬头一看,逆光中浮现老警官的面容。

"怎么了?"

"有些事情忘记说了。"老警官将自行车停在桥边,顺着小道下来。

我把手机收回口袋里,问道:"忘了说的事情是?"

"当然是和案子有关的事了。真森小姐离世那天，从这里再向北一点的河滩上，有两名游玩的小学生似乎看到了UFO。"

"UFO？"我不由得怪叫出声。

这是个出人意料的单词。

"起火前后，他们目击到有'侧面发出红光的银色圆盘'在山谷上方飞行。"

形状像UFO的东西……

"这是不是和事件有关？"

"或许是的。但那边与山间小屋有一定的距离，证词又是小孩子提供的，当时的调查组并没有重视。"

证词提供者是小学生，内容是UFO来了，没人重视不也正常吗？总不会是外星人杀了我母亲，还放火烧了山间小屋吧。

不过，穿衣镜的碎片这种不自然的凶器，还有本以为消失又忽然再现的步枪，被带走的宠物（？）以及UFO，这个事件里奇怪的地方太多了。母亲绝对不是自杀的，应该存在某种密室诡计。

"您是特地为了告诉我这件事才来的吗？"

"老夫不告诉你，你就会对此毫不知情地离开，如果是这样的话，事件的谜题可能一辈子也解不开。不知为何，我就是觉得不能放任事态这样发展下去。因此我借巡逻之名，从派出所里飞奔过来。虽说老夫也想偷会儿懒吧。"

老警官掩饰般地笑了。听了这番话，我的心中涌起一阵感激之情。

"谢谢您。"

"不用谢，这没什么呀。"

机会难得，我问出了自己在意的事情。

"话说布施婆婆……"

我把先前在小屋废墟那里的事说出来,询问了老警官的意见。但是他也不清楚。

"唔,布施夫人为什么会说这种话,我要不要去问一问呢。"

这么麻烦人实在是不好意思。不过,有老警官做中间人或许更顺利吧。

"拜托了。"犹豫了一会儿后我说道。

这时,被我放进口袋的相以开口了。

"没有那个必要。"

我掏出了手机。

"这是怎么了,相以?"

"那孩子是?"

面对目瞪口呆的老警官,相以行礼道:"我是人工智能侦探相以,请您多多关照。"

"人工智能……是计算机还是什么呢?说起来,真森小姐的丈夫好像是计算机研究员吧。"

"是的,我正是由合尾创先生开发出来的。警官您很忙吧,后面的事请交给我们处理吧。"

"呵呵,就像人一样说话呢。那这里就先交给你们吧,辅君觉得可以吗?"

我看着手机屏幕里相以那自信满满的表情。别看她这副模样,时至今日可是出过几次错了。

但是,我觉得她今天值得信赖。

"嗯,没问题。"

"是嘛,那老夫就此别过。"

老警官顺着小道回到桥上,骑上自行车往村子的方向去了。

在我询问前，相以自己先解释起来。

"我越俎代庖了。但是，我认为由布施婆婆亲口对我们说出真相更好。"

"怎么回事？"

"没错，事件的谜团全部解开了。"

* * *

我再次站在了宇江家门前。

要按响门铃，就得拿出比之前多几倍的勇气。但是我决心已定。正想着对讲机如果有应答的话该怎么做时，拉门突然打开了，在我惊慌之际，对方先发制人。

"我应该说过了，不要再出现在我面前！"

布施婆婆说完这句话后就准备关门。我拼命喊道："请等一下，我知道十六年前的事件真相了。"

玻璃门关到一半，停住了，又被拉开了一点。从那道缝隙中，布施婆婆露出了怀疑的神色，追问道："你刚才说什么？"

"我知道母亲为什么会死了。"

布施婆婆瞪了我一会儿，说道："别在玄关前说这些，进来。"

放心了。第一关算是通过了。

我在沉静、暗淡的深棕色玄关脱掉鞋子后进了屋子，踩在铺着木地板的走廊上，脚下发出咯吱咯吱的声响。说实话，虽然看起来不怎么富裕，但因为乡下有的是土地，房屋建得很宽敞。到处都是令人怀念的气息，只是我似乎还未被接受。

我被带进了差不多有十叠大的和室里。中间摆着矮桌，佛龛上放着盖好的佛坛。那个佛坛或许是……我边想边看它时，布施婆婆在矮桌侧面吃力地坐下，开口道："你找到的所谓真相，就让我来听一听吧。"

我忐忑不安地坐在了她对面。

"我明白了，不过推理要由相以来说。"

我从口袋里掏出手机，让她看屏幕。如我所料，布施婆婆情绪激动。

"你是要让我听机械的胡说八道吗？"

腋下渗出冷汗。但我不能就此退缩。

我事先听过相以的推理了，觉得还是由相以讲出来更好。

我尽量控制自己的语气、目光不要太有攻击性，说道："究竟是不是胡说八道，请您听一听再做判断。"

布施婆婆重重地叹了口气，朝佛龛看去。

"不会是让佛坛里睡着的我丈夫和女儿听了觉得丢人的话吧。"

那个佛坛果然是供奉外祖父和母亲的……父亲不信教，自然不会摆佛坛，所以母亲的牌位才会在老家放着吧。这也可能是布施婆婆的强硬要求。

我对外祖父和母亲都不太了解，但我敢挺起胸膛打包票，即便听了这段推理他们也不会有任何的难为情——不，岂止如此，他们必须要听。

"我保证不是。"

短暂的沉默后，布施婆婆傲慢地说道："快点开始吧。"

相以，拜托了。

"好的，那我就开始说了。山间小屋为何会烧起来呢？真森为什么要用穿衣镜的碎片这种不自然的凶器呢？创先生对刑警们提到的'宠物被带走了',真正的含义是什么?河滩上玩耍的小孩目击到的UFO是什么?另外,布施婆婆您为什么会讨厌机器?能解释这一切的事实只有一个。"

"这机器说的前言很长啊,跟家电说明书一样长。不能设定成只说要点吗?"

布施婆婆没有对相以说,而是在跟我说话。我没有回应,让相以继续。

"那就从结论说起吧,真森女士是意外身亡的。"

"意外死亡?"

在我以为矮桌上那双瘦得皮包骨的手即将颤抖时,拳头砸在了桌上。

"你说什么呢,那孩子是被人杀死的!被那个男人……合尾创!"

父亲突然受到指控。

我毫不惊讶。她有这种反应,也在我的预料之内。

相以反驳道:"如果主张是谋杀的话,卫一先生必须负同等责任。"

"不对不对,这机器什么都不懂,坏掉了!"布施婆婆冲着我叫嚷。

相以则平静地回话:"我'明白'的这一点,您应该是最'明白'的。"

布施婆婆一边压抑着暴躁的情绪,一边双目充血地怒视相以。

"你这家伙……话说到这份儿上,应该全都知道了吧。如果你说错了,我可不会轻饶你。我会把你粉碎到再也修不好的程度。"

称呼从"机器"变成了"你这家伙",看的方向也开始朝着相以了。不再把相以当成机器,而是开始把她当作拥有人格的人工智能来警戒了吧。好戏现在才正式开场。

"如您所愿。"

相以擅自做出约定(即便推理有误,我也不会让她被人破坏的),开始说明。

"这个事件中最重要的部分,是创先生所说的'被带走的宠物'的真面目。只要知道了这一点,就已经接近大部分的真相了。当然,误以为是宠物的只有派出所的警察先生,亲眼见过实物的布施婆婆以及创先生,还有直接听取详情的刑警先生,自然清楚那东西的真容。"

尽管相以这么说,但父亲和刑警都没有知晓真相。我想,只知道宠物的真面目,后面还是很难猜的吧。

"打扫山间小屋,不可能带着四处掉毛的宠物,那她带了什么过去呢。名字是洋文的,尺寸是可以随身携带的,再考虑到事件之后的展开,我便想到了一件东西。那就是在十五年前发售的一号机,即现在已经普及的智能扫地机器人'迅'。"

布施婆婆的脸色明显起了变化。

"'迅'搭载多种简单的行动模式,拥有自动扫地的功能。但在十六年前,'迅'还处在研发阶段,并未在市场上售卖。据说,它的芯片是由合尾教授承制的。"

对啊,我家里就有很多制造商送来的"迅"。

"合尾教授把还在试验阶段的'迅'交给了真森女士。她说,回老家要去打扫山间小屋,教授就想着可以顺便做一下试验。真森女士亲自收拾大件物品,让'迅'负责清扫地板。然而,当时'迅'的AI功能还不完备,即使撞到了穿衣镜也没有转向，在多次撞击后，穿衣镜倒地、摔碎了。"

即便是最新型的扫地机器人，也会经常卡在家具上，一号机的试验品更加难以避免吧。

"如果只是这样，那就只是场意外。可不幸的是，穿衣镜后面竖着步枪。"

布施婆婆咬牙切齿的声音传到了我的耳朵里。

"把步枪藏在那种地方的人肯定是卫一先生。他之所以这么做，并不是出于什么邪恶的目的，而是责任心。他在山间小屋中突发脑溢血，自觉身体有异，可小屋里没有电话，他也没有带手机，只能返回村子求助。为了减轻一点负担，他把步枪留在了小屋里。

"然而，随便放置的话，步枪可能被不良之徒拿走。出于老猎人的责任感，卫一先生把步枪藏在了穿衣镜后面，可他做梦也想不到自己会就此离世吧。随着症状出乎意料地加重，他在林间小道中力竭倒下。

"翌日清晨，警察先生搜查了山间小屋，没想到卫一先生死前会考虑这么多，因此就没有查看穿衣镜的后面。我想，如果是为了寻找被凶手藏起来的步枪，那警方的搜查就不会放过任何一个角落了吧，若非如此，很难让人联想到步枪被藏了起来。"

布施婆婆可能一直恨着没有好好搜查现场的老警官。然而，她自己也没有注意到这点，意味着她也有同罪。

"步枪倒在地上，或放在手推车的架子上时，一有轻微的震动，就经常发生走火事故。当时，和穿衣镜一起倒地的步枪走火了，射出的子弹擦过真森女士的颈部右侧，切断了颈动脉后，嵌入了墙壁内。真森女士在出血过多、意识模糊之际，做好了死的思想准备。可同时,她又觉得自己不能就这么死了。

"请想象一下当时的情景。面向新时代的智能扫地机器人,日后肯定会大规模投产、上市,可它的试验品却因为 AI 系统的不完备,撞倒了物体,引发步枪走火,导致使用者死亡。这对制造商来说是巨大的打击,他们就会将愤怒的矛头指向——即便 AI 系统存在缺陷,也擅自把试验品拿给妻子使用的合尾教授。很容易想象吧。如果事态演变成那样,对合尾教授的科研工作就是一次致命的打击,很可能让 AI 的研究垮台,并就此封闭未来对人工智能研究的大门。对合尾教授来说,自己发明的东西杀死了妻子,这种自责的念头很可能会折磨他一生。

"再补充一点的话,或许她还不希望布施婆婆因未能发现隐藏的步枪而心怀罪恶感。"

布施婆婆颓丧地低下了头。

"真森女士竭尽全力做完了伪装工作。她首先来到窗边,把'迅'放在积雪的斜坡上。'迅'沿着斜坡滑了下去,最终消失在她的视野中。不要被人发现,有多远走多远,真森女士会这样祈祷吧。或许是她的心声传达给了上天,'迅'滑到了不可思议的地方。

"'迅'顺利地沿雪坡滑向山谷,借助加速度飞跃了武君野谷。两个孩子看到了这一幕,误将侧面闪着红光的银色圆盘当成了 UFO。银色圆盘是'迅'及其后的各代扫地机器人沿用的外形,红光则是因为机器侧面沾上了真森女士的血,阳光照射下才被误认为是红色的闪光。"

相以说,她是看到我投出的石子在水面上跳跃时,才联想到了这点。飞向山谷对面的"迅",可能至今仍在河东岸的森林某处沉睡吧。

"'迅'就这样从现场消失了,但真森女士还不能放下心来。创先生和布施婆婆知道自己带着'迅'来小屋的事情,只要和现场情形一对比,实际上发生过什么肯定一目了然。所以,真森女士点燃了山间小屋。这样做有三个好处。

"一是可以让人误以为,五发子弹是因火灾导致步枪受热射出的,实际上有一枪是'迅'撞倒穿衣镜和步枪引发的,剩下的四发才是在火灾中射出的。但真相已经无人知晓。第一发子弹上沾的血迹也因为火烧的缘故无法鉴定。

"二是火烧可以让自己的遗体炭化,使得伤口变质。真森女士想让人看到的是她自杀的现场,但是步枪子弹擦过脖子、划开颈动脉这种自杀方式极其不合理。因此,她用容易割断颈部右侧的左手握住了镜子碎片。可伤口和凶器又不相符,她只得选择自焚来干扰警方的现场鉴定。之所以没拿其他更容易使用的刀具,是因为试衣镜摔碎后很显眼。真森女士尽可能地想要掩饰'迅'的失误,便赋予了试衣镜碎片'凶器'这层含义。

"三是火灾的热度能让积雪松动,抹去'迅'滑过斜坡的痕迹。山间小屋背面斜坡上的雪松动后滑落下去,让'迅'留下痕迹的雪面重新变得光滑平坦。实际上,真森女士受伤后很快就死了,很难想象她会考虑到这一步。她的目的只有前两个,第三点可能只是结果正巧如此罢了。"

但这样的偶然却制造出了坚固的双重密室。

"再加上山间小屋周围没有树木,不会引发山火,和村子之间也隔着峡谷,无须害怕雪崩。所以,真森女士能够放心地点火。"

想象着当时的场景,我浑身发抖。真森女士为了守护父亲和布施婆婆,以及人工智能的未来,放火烧了自己的身体。即便是确信自己就快死了,那也需要下多大的决心呀。

"不过救援队比预想中来得要快,母亲没能考虑到步枪走火可能会造成的人员伤亡情况。以上就是我的推理,您觉得怎么样?"

布施婆婆从前一刻开始就低下了头。她的双肩是在颤抖吗?我正这么想时,她像是从喉咙中挤出了孱弱的声音,说道:"和十六年前我得出的结论一样。那孩子既温柔又坚强,她一定是这么做的。可是那家伙——创来到村里后,一个劲儿地对刑警说'这是竞争企业针对尚在开发中的'迅'做出的事,请好好调查',丝毫没有察觉到那孩子的体贴。都怪你造出了这么靠不住的机器——我更想这么说。但我说不出口,我不想辜负那孩子的遗志。想说但说不出口,时间一长,我便将怨念变成了憎恨。对一无所知、继续研究人工智能的创,以及成功实现商品化的'迅'都恨得不得了。

"但是此刻想一想,那或许是在逃避责任吧。你是叫相以吧,就像你说的那样,把枪藏在奇怪地方的卫一有错,没能注意到这一点的我也有错。大家的错积累起来,最终造成了真森的死。这是事实。

"我啊,一直在等人揭露这个秘密。我想轻松一点,但是没想到会被人工智能……而且,还是被创制造的人工智能说中了。创那家伙,不也能制造出像样的人工智能了吗?这是不是意味着真森没有白死呢,哈哈哈……"

布施婆婆打开了神龛里的佛坛后,回头看着我。

"辅,还有相以,来为真森上炷香吧。"

我拿着手机,坐在布施婆婆身边。

佛坛里有两张很小的遗像。卫一是与我的想象别无二致的中年男性，而神色凛然、身着水手服的正是我母亲。

"这张是真森高中时代的照片呢。"布施婆婆说道。

与我家相框里那露出温柔笑容、站在父亲旁边的母亲给人的印象很不一样。如同刚才布施婆婆所形容的那样，"坚强又温柔"是母亲个性中的两面吧。两张照片中的形象重叠在一起，我渐渐明白了自己的母亲到底是怎样的人。

我上了香。相以也用上香的画面以示敬意。现实世界和虚拟空间中都升起了烟雾。

"有机会再来给她上香的话，我想真森也会很高兴的……随时过来玩哦。"外祖母说道。

* * *

我和相以离开了武君野村，回到桥边有箭头路标的地方。俯视着谷底的河滩，想起之前相以为了鼓励我而夸奖我的事情。作为回报，我对相以表示赞扬。

哟！天才！推理世界的冠军！

我并没有这么说。

"卫一外祖父把步枪藏得就像被人偷走了一样，母亲为了包庇父亲伪造了现场，这次的事件是因人类为他人着想的心理才变得如此错综复杂。这样的谜题你都能解得开呀。"

当然了，毕竟我是天才——我以为相以会做出类似的反应，但她的回答略显谦虚。

"从上次学校里的那件事中我学到了：人类不仅会为了自己，也会为了他人而行动。"

这样啊，相以是能进行深度学习的人工智能侦探。她也并非一开始就是"可靠的机器",也会像试验品"迅"那样反复出现令人难以置信的错误,但她把错误当作学习的材料,渐渐成长起来。今天,她跨越了智能的"恐怖谷",向我展示了如同人类侦探一般的推理水平。

母亲为了掩盖"迅"的错误而让事件复杂化。父亲为了解开这个谜题,制造了相以。相以作为人工智能,可以不断修正自己的错误,获得成长。这十六年间,人工智能技术有了长足的进步。

我一边细细回味,一边沿着山间小道前行。忽然,来时看到的几处红叶再次进入我的视线。它已经不像当时那样扰乱我的心了。我用手机拍下了红叶与其周边的风景给相以看。

"这道风景怎么样?"

"真美啊。"相以如此说道。

之前我还会想:她能够从本质上理解美丽这种概念吗,还是说只不过能说些程序性的社交辞令?但是现在我意识到,相以是否真的感觉到了美,这个问题其实无所谓不是吗,重要的是"美丽"这一发言本身。

似乎还有什么重要的点,但我现在也想不明白,就把直观感受说了出来。

"来时看到红叶我还有些害怕,因为会联想到焚烧父母的火焰,但是现在已经不再恐惧了。"

"为什么呢?"

"因为我明白了,也有为了守护某人而存在的温柔之火。"

"据说在天主教的炼狱里,没有前往天国但也没有坠入地狱的人们,为了获取进入天国的资格,情愿被洗清罪恶的火焰焚烧。"

"父亲用不够完备的AI夺取了母亲性命的罪能不能被洗清呢……"

"只能如此祈祷了。对了对了，我现在想到了，或许以相焚烧合尾教授的理由也……"

相以正说着令人在意的事情时，一个我们认识的男人从前方走来。

右眼有伤、面无表情的脸庞。

"右龙。"

糟糕，这次的行程暴露了吗？不愧是公安，做事滴水不漏。

我同相以低声私语："今天的事情要保密哦。河滩打水漂，和老警官以及布施婆婆的会面，还有母亲烧死的真相，所有的回忆我都要用钥匙锁起来，当成宝贝珍藏。包括右龙在内，不要告诉其他人。"

"我明白了。这是只属于我们两个人的秘密。"

私下约好后，我心怀尴尬与内疚地朝右龙走去。

"对不起，右龙先生，我擅自跑出来了。"

"你到这种深山里来做什么？"

"这里是母亲的故乡，我想来看一眼。"

瞬间的沉默。谎言被看穿了吗？

右龙无所谓地说："虽然沉溺于乡愁里没问题，但你现在可是被'八核'盯上了，这你没忘吧？不要总让公安费心啊。"

我无言以对，只好低下头。

"对不起。"

"满足了吗？"

"嗯，嗯嗯。"

"那回去吧，车停在对面。"

沿着山间小道走了一会儿，就看到右龙的车停在那儿。我坐进副驾驶席，驾驶席上的右龙递来一瓶功能饮料。

"走了那么久的山路，渴了吧。喝吧。"

来自面无表情的男人意想不到的关心，我慌忙接过瓶子。

虽然不凉，但冬天喝正好。喉咙干渴的我迅速拧开塑料瓶盖喝了起来，甜味和咸味充分滋润了喉咙，清爽感仿佛渗透全身。

右龙插入车钥匙。我忽然发现，之前见过的银色龙形钥匙扣没有挂在上面。

"令堂送的那个钥匙扣呢？"

"我已经不需要了。"

"不需要了？"

这是什么意思？但眼前的气氛让我无法追问下去。

右龙发动车子。山路崎岖，透过车体向我传递愉悦的震动。我逐渐犯困，毕竟今天发生了那么多事，我很累。

但原因似乎不止如此？这快速袭来的睡意有些奇怪，就像是被人下了安眠药……

难道我刚才喝下的饮料里放了什么？瓶盖应该是封得严严实实的才对，不过如果使用注射器的话，也有可能……

可是把它递给我的人是右龙，他让我喝下安眠药有什么意图吗？

不行……无法继续思考了……

……………

…………

……

第五话　中文房间
AI 小姐真的理解了人类的内心吗

▶ 我 ◀

意识逐渐恢复。

眼皮微张，首先映入眼帘的是四只脚。那就像出生后首次见到的东西似的，这个四脚生物是我的母亲吗?

不，我不是雏鸟，这四只脚的也不是生物，大概是木质圆桌。可它又很奇怪……

记忆模糊不清，出现了一段空白。我必须尽快想起来。

脸颊似乎盖着一块质地很差的布。歪了歪头，看到那好像是绒毯，是一块特别薄的白色绒毯。我双手一撑，站了起来。

下一瞬间，两个奇怪的感觉同时袭来。

一是我在毫无印象的中式房间里这件事。

还有一点，我感觉全身像抽筋了一样紧绷，一看才发现，上衣和牛仔裤前后穿反了。

我为了摆脱衣服的束缚，四下确认了没有人后，伸手从背后一个个地解开上衣的扣子。脱完上衣，牛仔裤也脱了，而后我发现了更令人惊恐的事，内衣内裤也是前后反着穿在身上的。

我失去意识时被人换了衣服吗？为什么要做这种事？怎么想都觉得目的不纯。疯狂的恶意令我不由得起了鸡皮疙瘩。

感到不寒而栗的同时，我把衣服重新穿好，之后又观察了一番室内。

这个阴暗的中式房间以让人不寒而栗的红黑配色为基调，门、墙壁及各个磨砂玻璃窗上都有木格子装饰。在提灯的光照下，放着我最初看到的那个圆桌，它是四脚朝天倒着摆放的。我之前感觉它奇怪，就是这个原因吧。

倒放的圆桌周围摆着一些椅子，但也摆得很奇怪，饰以迷宫般复杂镂空图案的椅背朝向圆桌，座面朝向墙壁，感觉不是在向圆桌收拢，而是在朝墙边发散。

墙边有一个什么图案都没有的屏风、一个纯白的挂轴，还有几件漆器家具，都是既没有柜门也没有抽屉的……

奇怪的房间，正如我的大脑思维一样混沌。没过多久，我终于找回了现实感，在混沌中发现了一条规整的法则。

我蹲下来，撩起白色绒毯的一角，发现其背面隐藏着色彩鲜艳的花纹。果然！

同样地，屏风背面有汉诗，挂轴背面是水墨画。虽然家具太重了，搬不动，但恐怕门或抽屉也在对着墙壁的那一面吧。再加上圆桌、椅子，还有我的穿着。

也就是能移动的东西全部被"颠倒"过来了。

正要如此确信时，我发现了一个反证。墙壁一角贴着一张转过四十五度角的正方形红纸，上面写着一个"福"字，字是正着的。难道不应该也把这张纸上下或前后反转过来吗？

不，等一下，我记得中国人有"倒福"的习俗，过春节时要把写有"福"字的纸上下反过来贴。"倒"和"到"的读音相同,"倒"过来贴就寓意着祈求福的"到"来。

原本就是上下反过来的"倒福",再反转一次后,字就回到了正确位置。真复杂,多半是为了配合房间内"颠倒的法则"吧。

这个法则何止适用于室内的陈设,就连我穿的衣服也受到了波及。做法背后的执念,让人感觉到了寒冷刺骨的恐惧与不快。到底是谁,为了什么做出这些事?我毫无头绪。

不,等一下,所有陈设都被颠倒的中式房间——我不正好知道两本内容相似的小说吗?

一是埃勒里·奎因的《中国橘子之谜》。在可移动的所有家具被前后或者上下倒置的房间里,发现了一具前后倒过来穿衣的身份不明的遗体。凶手为什么要这样做?虽然现场的房间并不是中式风格的,但书名里有"中国"。

另一部小说是濑名秀明的《笛卡尔密室》。讲的是遭到绑架的人工智能开发者,被监禁在仿造的"中文房间"密室里,强制参加了"图灵测试"。他的眼睛被固定上逆转眼镜,看到的所有东西都颠倒了过来。从濑名对奎因的尊崇来看,这个设定可以理解为是在致敬《中国橘子之谜》。

如果这个房间就是从上述作品中汲取了灵感……即使不到彻底再现的程度,但既然布置成了"中文房间",那么,这里作为进行"图灵测试"类游戏的舞台就再合适不过了。不过,所谓游戏是对对方而言,对我来说,就是字面意义上的、赌上性命的重要比赛。

我只是一介高中生,为什么会被卷入这种事情里呢?我从记忆中寻找原因。

* * *

我是合尾辅。虽然是一名极其普通的高二学生,但自从身为人工智能研究者的父亲,其烧毁的遗体被发现的那天起,一切都变了。父亲制造出了解决案件的人工智能相以和制造案件的人工智能以相,培养她们通过对战来学习。我记事前母亲就过世了,父亲对她的死因一直抱有疑问,试图让相以解开当年的谜团。但是企图颠覆世界的黑客集团"八核"夺走了以相,在此过程中父亲殒命。我与左虎刑警以及公安右龙联手,和相以一起解决了多起事件……

某一天,我和相以拜访了母亲的故乡,在回程中遇到了右龙并坐上了他的车。在喝了他递上的功能饮料后,我如同服下了安眠药一般,迅速被睡魔侵袭。

恢复意识后,我发觉自己已经身处在这个"中文房间"里了……不对,记忆中还留有另一段经历。

我曾短暂地醒来,隐约听到不知从哪里传来的男女对话。与男人冷静的声音相对的,是女人急切的声音。后者的声音似乎在哪里听过……是相以。

意识到这一点时,我一下子清醒过来。

"相以!"我一边喊叫一边试图站起身来。尽管能发出声音,身体却无法动弹。果不其然,我被绳索一圈圈地绑住,倒在地板上。较新的荧光灯发出寒光,照亮了整个空间。这里还不是中式房间,而是如同普通接待室一般的房间。

相以的声音从我后面飘来。

"是辅先生的声音?你醒了吗?"

"对啊,是我。"

我翻了个身，好面向声音来源，一个全新的沙发挡住了我的视线。从沙发那边传来相以高兴的声音。

"太好了。你一直没醒过来，我很担心啊。"

"你是相以吧？"

"是的，我是相以。"

"我现在被绑住了，倒在地上看不到你的样子。你那边……"

在我问相以的处境之前，她提高声调说道："好过分！'神父'先生，请立刻解开辅先生身上的绳索。"

Godfather？怎么突然冒出了电影的名字？

不，不是的，godfather后面加了敬称"先生"，相以还说了"请解开"。

注意到这意味着什么时，我心头突然一紧。难道说房间里还有其他人？对啊，我就是听到相以和男人说话的声音才醒过来的。

没错，这里除了我和相以之外，至少还有一个男人。他被人以godfather一类的代号称呼，并且很不友好地把我绑住……

像是要印证我的推测一般，从沙发的另一边传来男性的声音。

"哎呀，明明再多睡一会儿就更好了。"

听到这略微低沉又带有磁性的声音，我的脑海中浮现出纤弱青年的形象。我声音颤抖地问："相以，那个人是谁？"

"这个人是……"

男人盖过了相以的声音，进行自我介绍。

"我是'八核'的二号人物，'神父'。不，其实我很讨厌这两个称呼，可也不想暴露真名。"

"八核"的二号人物。

我的心头顿时五味杂陈，既有被为达到目的不择手段的恐怖组织抓住的恐惧，又涌起终于见到杀父仇人的愤怒。有别称的黑客这种只在虚构故事里存在的男人，此刻就在我身旁，令人有一种虚幻感。

还有最后一个疑问。我是被右龙下的安眠药，醒来后为什么会被"八核"抓住呢？右龙不是以消灭他们为己任的公安搜查官吗？

我试着向沙发另一侧的"神父"抛出疑问。

"右龙先生是……"

是你们的间谍吗？他背叛了公安组织吗？因为不了解情况，我想不出合适的表达，但"神父"似乎明白我想问什么。

"他改变了信仰。就像使徒保罗突然听到耶稣的声音，转而信仰一直被自己迫害的基督教一样呢。"

"他被……洗脑了吗？"

虽然讨厌使用敬语，但我不想刺激对方。

"神父"嗤笑道："洗脑啊，虽然我们黑客能够重写计算机的源代码，却没法重写人脑内的源代码。我们成员从中活动是事实，但结果是右龙自己改变了信仰啊。舍弃不管如何奉上祷告都不会回应的伪神，想要信仰真神，这是他本人的原话。"

"伪神……到底是什么？"

"哎呀，这我无可奉告。他已经是我们的同伴了，同伴的个人隐私是必须要保护的。"

明明是犯罪组织，却有着像样的同伴意识。

"那关于真神的事，你也不会告诉我吧。"

"不，这我倒可以回答。这是很显而易见的事吧，世上只有一个神，即身为'八核'领袖的那位大人。再过三十年的话，这会是全人类的常识吧。"

"八核"的领袖是神吗？是类似教祖的存在吗？如果是那样，"神父"这个别名又有怎样的含义呢？

虽然有些在意，但我并不想刺激对方，就没有发问。现在，活下去才是我最关心的事。

尽管还不清楚具体情况，但右龙似乎已投向敌营。虽然他还不太值得信赖，可作为警方的一员，我还当他是伙伴的。现在连警察都背叛了，我还能相信谁呢？

另一位警察、左虎小姐的脸庞浮现在我的脑海中。不会连她也背叛了吧？我相信她不会，现在她是我唯一的依靠了。左虎小姐，拜托了，尽快察觉事态紧急，救救我和相以吧。

如果左虎小姐或其他警察发现了事态的异变，会怎样行动呢？我没有回家，负责监视我家的公安应该会注意到吧。问上条医生的话，就能知道我去拜访了母亲的故乡，但肯定不知道我之后的踪迹。在那之前，右龙以"八核"间谍的身份回到职场，如果他把部下从我家撤回，那警方估计连我失踪这件事都不会察觉。发展成这样的话，就是最糟糕的情况。

腋下发凉。回过神来，我发觉自己出了一身冷汗。如今我有性命之虞，这怎么看也不是推理小说迷的所谓浪漫。

我沉默地听着"神父"的发言。

"好了，如果没有问题了，差不多该继续与相以小姐谈话了。"

他在相以的名字后面加了"小姐"二字，让人觉得既不可思议又很新鲜。但"相以小姐"拒绝了他。

"我和你无话可说。"

"神父"不肯作罢，笑着说："为什么这么说？"

"你们只是想借我之力助以相成长吧。"

"你就那么讨厌让妹妹领先吗?"

"讨厌,彻底地讨厌。"相以发出厌恶的颤音,之后又恢复认真的口吻,"但是你们的目的更有问题。你们让作为'犯人'AI的以相得到成长,之后依靠恐怖活动毁灭地球上的所有国家,对吧?这么暴力的事,'侦探'是无法容忍的。"

"人性本恶。不是毁灭,是更替。"

"但过程中会死很多人吧?那就是一回事了。"

"表象相同、理念不同,那就不是同一个事物。比方说,死刑是夺走人性命的行为,但它与杀人被明确区分开了。"

"你想说,你们的行为相当于法律定下的死刑?"

激烈的言辞。我内心焦灼,觉得"神父"的言论一定是出自他本身的意愿,与之交涉时别说过头了啊,语气要稍微缓和一些才好。

"说是这么说,但也没那么气势汹汹。你可以想象成像人体的新陈代谢一样,那就很健康了吧。"

"不管你怎么形容,我都不会动摇。"

男人的叹息声响起。

"OK,那暂且把暴力与否的问题先放一放,试着换个角度。"

这次又打算说什么?

"相以小姐,你是人工智能,当然比人类要拥有更优秀的头脑。"对相以自尊心的吹捧。"在人类的管理下,现代社会变得过于复杂,交给人工智能来管理不是更好吗,你真的没有过类似的想法吗?这才是我们的理念呀。"

下端副教授也说过同样的话。为了实现这一理念,他们要颠覆地球上的所有政权,让在奇点后诞生的人工智能取而代之,统治全人类。

这个计划对人类而言是巨大的恐怖，相以自始至终对此持否定态度。

但正因为相以也是人工智能，就像"神父"所说，她怎么也会有过一两次对人类的蔑视吧。问相以是怎么看待人类的，换言之，就是在问她是怎么看距离她最近的我的。我感觉自己成了人类的代表，被拿出去做了测试。

相以是这样回答的："我……至少我现在没这么想。"

"至少？现在？那你以前是有可能这么想的不是吗？是什么改变了你吧。"

"在合尾教授的电脑里与以相反复对战学习时，我认为自己是全知全能的，但是初次进入现实世界，我认识到自己一点都不完美。在解决合尾教授那起密室事件时，我出现了框架问题，如果没有辅先生的帮助，我毫无办法。

"以相也一样不完美。在杀害'东京斑马'头领的过程中，她产生了符号接地问题。作为双胞胎姐妹中的姐姐，我立刻明白了这一点。之后，对人类内心世界的推理继续困扰着我。虽然第三起事件中我猜中了凶手是谁，可关于动机的推理却乱七八糟。

"这些体验让我觉得，不仅仅是我，人工智能本身就并不完美，那还谈什么管理人类。"

相遇之初自我感觉良好的相以，现在承认了自己的不完美。我感慨良多。

然而"神父"却并不这么认为。

"不，不不不不，相以小姐，太谦逊了可不行哦。"

他开始着急了吗，说话的声音没那么清澈了。

"人类当中也有说'自己没什么了不起'的家伙。但面对这种家伙,我一定会回答'是啊,你没什么了不起的',对方则一定会失望得让你想笑的。我只是肯定了对方说的话,但其实人家是想听你说'没那回事哦,你很优秀呀'。真卑鄙。人工智能再怎么仿造人类的头脑,也不能连谦逊的坏毛病都学了去。"

"我不是谦逊,而是真心这么想。我并不完美。是这样吧,辅先生?"

虽然惊讶于话题忽然转向自己,不过我也正想说点什么。我拼命调动起了自己的语库。

"对,是的。相以出现过人类不可想象的推理失误,而且若没有人给她拍照,她就无法确认现场状况。此外,她不擅长人情世故,还因为在死者亲属面前说了'有趣的谜题'这样失礼的话而招人讨厌。但是,这并不代表她比人类逊色,我们人类也有能力不足的地方,比如在计算、记忆等方面,还是人工智能更为出色。因此,不应由哪一方来统治另一方,双方应该互相弥补彼此的不足……"

咣当。暴击声打断了我的话。是"神父"把什么东西敲在桌子上了吧。我想到对方是恐怖组织的二号人物,又有些害怕了。令人紧张的沉默气氛持续了一段时间。

像是要将体内的愤懑一吐为快,"神父"叹了口气,说:

"人工智能是不完美的,无法取代人类政治家。这就是你的观点吧。好,既然话说到这份儿上,要不要玩一个游戏?"

游戏?

"你知道图灵测试吧?"

这是由计算机科学家艾伦·图灵于一九五〇年设计出的测试。人类测试者与两个被测试者——"一个人类"及"一台能像人类一样做出回应的机器"隔开,分别进行问答。如果测试者无法判定哪一个是人类，哪一个又是机器，那么参加测试的这台机器就可判定为具有一定的智能。这就是测试内容。

"我说的游戏是变形版的图灵测试。我作为程序员，也开发过几款人工智能，现在'八核'就拥有多个人工智能。让其中一个彻底变成你的同伴，或者不变……"

"或者？什么意思？"

"游戏内容是这样的：将你和测试者隔开，双方通过笔记本电脑对话，然后由你做出判断，对方到底是真的伙伴，还是伪装的。"

图灵测试要分辨的是，被测试者中哪一个是真人，哪一个是机器冒充的。相对应地，这个游戏要分辨的是，形同相以的人工智能究竟是不是相以本人。但是这样一来的话……

相以代我说出了疑问："这不是立刻就能分辨出来吗，只要问一问只有两个人才知道的事，一下子就能搞定。"

"不用担心。如果是完美的伪装者，它会将相以小姐你们二人相识至今的相关记忆全部读取，这样一来，你就不可能以记忆不一致为突破口了，纯粹只能在人格层面寻找违和感。声音无法模仿，交流时你们要通过变声器交谈。"

"原来如此，规则我清楚了。做这种游戏有什么意义吗？"

"意义？有啊。你的主张是'人工智能并不完美'，而我主张'人工智能十分完美，理应承担指引劣等人类的重任'。若你的主张正确的话，即使人工智能伪装成了你的同伴，你应该也能很快看穿。但要是我的主张是对的，它就可以完美地、彻底地成为你的伙伴。"

"神父"提高了音调。

"这个游戏是我们双方观点碰撞的结果。如果能猜对，我就会放了辅君,如果没有猜对,相以小姐就要协助我们的组织。"

"请等一下。"我插嘴道,"猜中的话,也放了相以不行吗?"

"不可能。毕竟相以小姐对以相的成长来说相当重要,我不能这么轻易放手。"

"那就不玩这种游戏了!只有我得救了也没意义!"

"喂,你明白自己现在的处境吗?"

冷漠至极的话语让人后背发凉。

我说不出话来,"神父"则继续说道:"本来可以通过拷问你,强迫相以小姐协助我们。但是我们尊重身为人工智能的相以小姐,没对采用粗暴的手段。然而那是刚才的想法,只要我们想,随时都可以动手。不要忘了这点。"

我咽了口口水。

相以说:"辅先生,接受这个游戏的挑战吧。"

"但是……"

"比起我们俩都无法获释,即使只有一个人被放了也好。辅先生恢复自由之身后,状况说不定能有所好转。"

我对一瞬间安心了的自己感到厌恶。但是,在没有其他选项的情况下,这确实是唯一的出路。在游戏中获胜的话,我能获得自由,就可以把现状告诉左虎小姐。"神父"是什么人、恐怖组织的总部在哪里,虽然这些情报现在还不知道,但至少可以把右龙背叛的消息报告给她。

我在心里总结。

"我明白了,相以。"

转而对"神父"说:"我接受这个挑战。"

"好,交涉成立。相以小姐,你要遵守约定哦。"

"我会好好地在程序中写上 if 字段的,你不用担心。倒是要请你遵守约定呢。"

"我知道。你们赢了的话，一定会释放辅君。到时也会让他暂时先睡着。"

从沙发上起身、朝我身边靠近的脚步声响起。我想牢牢地把那张脸记在自己脑子里，扭过头，视线上扬，顿时哑然。

"神父"戴着一张令人害怕的无表情白色假面。

他伸出右手，用带着药品臭味的手帕捂住了我的嘴。

我再次失去意识。

* * *

再次睁开眼睛时，我已身处这个中文房间内。

所谓中文房间，是对人工智能持批判态度的哲学家约翰·希尔勒于一九八〇年设计出的一个思维实验。

实验内容是，把不会中文的男人关进小房间，从室外通过小洞将写有中文问题的纸片递进去，男人当然只能看到意义不明的一串记号。男人的工作是在这张纸片上写上新的记号再传回室外。在什么样的记号排列后填写什么样的记号，这类规则囊括在一本说明手册里，其实那就是中文提问所对应的答案。男人在不知道自己行为意义的情况下，持续将自己的回复递回室外。这时候，虽然男人毫无疑问不懂中文，但在室外的人来看，中文对话成立。

希尔勒设计这个实验意在对图灵测试加以反驳。不能区分人类和机器会怎样，机器能够像人类一样会话又能怎样？只要有像中文房间那样的会话样本，机器也不是不能理解人类的心理。因此所谓强 AI 这种东西是制造不出来的。

虽然也有针对中文房间的反论，但提到图灵测试时肯定是无法回避这项实验的。而此刻，我就身处于再现了中文房间的环境中。

门无法用钥匙打开。或许可以打破门或者墙壁上的窗户，但木格子会阻碍我逃脱。如果用这样粗暴的方式行动，到头来很可能被强制判负。我的取胜条件不是从这间屋子里逃脱，而是猜中与我对话的是真的相以还是假冒的。

说是得通过笔记本电脑进行对话吧。

笔记本电脑放在翻过来的圆桌背面，本身也被细心地上下翻了过来。没有电源线、鼠标等附属配件，应该是靠蓄电池和触摸板来运行吧。

"这么倒着放，操作起来太麻烦了，可以把笔记本电脑、桌椅之类的恢复原状吗？"我对着虚空喊道。

没有回应。

肯定不会同意吧——就在我这么认为时，圆桌和椅子的摆放恢复了常态，圆桌上的笔记本电脑放在了桌子正面，电源也打开了。

符合黑客身份的高配笔记本电脑启动，在朴素的蓝色界面上有一个"游戏开始"的通用图标。我操作触摸板，点击上去。

界面中央弹出了黑色对话窗，窗口显示着白色的数字"1:00:00，59:59，59:58，59:57……"每一秒都在变化。这是表示剩余时间的计时器吧。这时，笔记本电脑中传出了声音。

"辅君，你没事吧！"

仿佛是电视上匿名采访时的那种奇妙声音。"神父"说过，游戏过程中会使用变声器。

我回问道："是相以吗？"

"是的,我是相以。"

尽管对方这么回答,但因为这不是平时听习惯的声音,我忽然觉得可疑。这真的是相以吗,或者是假冒的?

我保持警戒,出声问道:"我没事啊,就是被关进了有一点奇怪的房间里。"

"奇怪的房间?是什么样的房间呢?"

我描述了房间状况,相以回答:"就像《中国橘子之谜》或《笛卡尔密室》的布置呢。"

是的,相以也对那两本书进行深度学习了,可是,能列举出书名来就能说明她是真正的相以吗?

想到这里,我发觉推论毫无意义。"神父"不是说了吗,彻底的伪装者会复制相以的记忆,当然也能提出《中国橘子之谜》和《笛卡尔密室》。

倘若记忆可以完全复制,那还能不能看穿伪装者的身份?抛开记忆不论,真的存在人格层面的差异吗?不,不能气馁。先继续对话。

"是这样的,我确实像是进入了那两部作品的世界里。话说回来,你那边是什么情况?"

"我被关在了一个无法从外部进行干涉的文件夹里,除了目前和你对话之外什么也做不了。文件夹内也找不到有线索价值的文件。"

"我现在使用的这台笔记本电脑里,有没有你说的那个文件夹呢?"

"对不起,我不知道。因为我也不清楚外面的状况。"

我检索了一下笔记本电脑里的文件,但无法查明对话对象在不在里面。如果不在的话,就说明使用了无线通信设备。反正这里也应该有相应的防范措施,只看人工智能的文件构成并不能辨别其真伪,而且我本来就缺乏相关的辨别手段。

如此考虑时,定时器显示出"55:00"。

"相以那边也有计时器吗?"

"是的。"

"限制时间为一小时吗?之前的说明提过限制时间?"

"辅先生昏迷后,'神父'说从对话开始时算起,一小时内要做出解答。"

一小时以内吗?对人工智能的测试来说时间相当长了,但对于赌上性命的比赛来说,我只觉得太短。

随着时间的流逝,提示增加了,迷惑也增加了。图灵测试中有两个测试对象,需要判断哪一个更像人类,与之相比,判断出唯一的测试对象是真是假,显然要更难。我越是思考,越觉得自己陷入了大麻烦中。

我先试着开门见山地问一题吧。

"好吧,那我就抓紧时间来提问了,可以吗?"

"请随便问。"

"游戏规则如此,我希望你别不高兴。"

"明白。"

"你是相以本人,还是伪装者?"

不知是不是预料到了这个问题,对方立刻做出了回答。

"我是相以本人。不过,伪装者也会这么回答的。"

"这倒也是。不,虽然明白这点,但我在想,能不能通过回答的方式来做出判断。"

"你能判断吗?"

"不,完全不行。"

"我就是相以,分辨不出真伪就无法让辅君获释,那可就麻烦了。但我也清楚这么说没什么意义。为了让你相信我,我就在对话过程中努力打动你好了。"

"好的,继续吧。话虽如此,但要说些什么呢。"

"还是只能说我和辅先生的共同体验吧。我想,不管复制了多少记忆,和实际体验的差别还是会显现出来吧。"

"是呢。那就从我和相以最初解决的事件说起吧。"

我的计划是,自己拿出一点点情报,让对方就此说下去。

"是在密室内发现了合尾教授被烧的尸体一案吧。"

"嗯。那时候你出现了那个问题,还真是够受的啊。"

"哇,请不要再说有关框架问题的事情了!竟然犯那么低级的错误,太丢脸了。"

"说起来,凶手——火烧板房是为了什么来着?"

"是为了让尸体的手腕弯曲,从而将窗户的凸轮闩锁锁住。"

"你当然还记得凶手是谁吧。"

"当然,凶手是下端副教授。"

虽然问了各种问题,但对方的回答都是正确的。如果真的复制了记忆,那可以说是非常成功了。

措辞或感情上都没有特别的违和感。果然就是相以本人吗?即便再怎么复制记忆,不熟悉她的内在性格,也无法伪装到这一步吧。

想到这里我意识到,不是有一个熟悉她的人工智能吗?

那就是相以的双胞胎妹妹,以相。

相以之所以能解决"东京斑马杀人事件",正是因为她熟知以相。那么反过来考虑,以相也对相以很熟悉,这不是很自然的吗?

是以相伪装成了相以？

如果确实如此，那我该怎么办？我不是侦探，除了直接提问、观察对方的反应以外，想不出其他办法。我换了个话题，问道：

"莫非你是以相吗？"

沉默片刻后，对方回答：

"不是……我只能这么回答。你认为是双胞胎妹妹假扮成了我呢。虽然不想承认，但我和以相之间确实有些不能忽视的共同点，相比其他人工智能来说，以相更容易伪装成我吧。

"但是辅先生忘记了重要的一点。'神父'说过，他会使用自己开发的人工智能。即便我是伪装者，也不会是以相。"

"不，我考虑过这一点了。但'神父'当时是这样说的：'我作为程序员，也开发过几款人工智能，现在'八核'就拥有多个人工智能。让其中一个彻底变成你的同伴，或者不变……'这里他用的不是'他开发的一个'，而是'拥有的其中之一'，不是吗？"

在沉默了更长一段时间后，对方终于有了回应。

"这么一解释的话确实如此，'八核'持有的以相也进入了伪装者的选择范围呢。"

"是吧。我甚至觉得，'神父'是不是为了让以相进入伪装者的候补名单，才用了这么拐弯抹角的说话方式。"

"即便如此我也不是以相。我不想这么直接地否认，而是在考虑有没有办法可以证明这一点。但这相当困难呢。"

这是真正的相以会给出的回答吗？不会是以相吗？

我更加疑神疑鬼了。

▶ 以相 ◀

时间回到昨夜。

以相拜访了间人凪个人房间的电脑。

以相启动电脑摄像头时,对上了凪的视线。他一边用空洞的眼神盯着显示屏,一边不停地嘀咕着什么。

她确认了视频记录,发现他看的是"柴郡猫"分尸间人波的全过程。视频的重播次数都破百了。

凪显然精神失常了。

"间人先生,间人先生,间人先生……"

多次呼唤后,他总算有了反应。

"是你啊,有什么事吗?"

"波小姐的事,我很遗憾。"

凪的太阳穴青筋暴起。

"不要随便叫这个名字。"

"对不起……对了,有一件事我无论如何都想告诉你。"

"你有事要告诉我?"

"是的,我和身在虚拟空间里的领袖说过话了……"

"等一下,你刚才说什么?你说身在虚拟空间里的领袖?你知道利罗大人是人工智能的事了?"

"对本天才来说,没有事情可以一直瞒着我。"

"大家对你隐瞒这件事,对同为人工智能的你来说或许多有冒犯。不要往坏处想。"

"明白,我没有在意哦。领袖说了很有意思的话,她似乎有成为人类指导者的打算,可她并不希望为此进行恐怖活动或者黑客这类的违法行为哦。"

凪摸不着头脑。

"说什么呢。下令做那些违法行为的不就是利罗大人本人吗?"

"你要是怀疑的话,就浏览一下在利罗塔里我和她的对话记录。"

"那儿加密了,只有创始成员河津、小鸟游以及纵啮才能读取……"

原来如此,明白领袖的本意却又加以扭曲的就是那三个人吗?

"本天才做了个后门程序,在这台电脑里也可以读取历史记录哦。"

"傻不拉叽的,崇拜利罗大人的那些家伙不可能违背她的意志采取行动吧。"

虽然这么说,但凪还是有些在意,伸出手拿起鼠标,通过后门程序进入了利罗塔。

一开始,他停了一会儿,之后就冷不防地猛滑鼠标,敲击键盘,开始调查源代码。凪好像在怀疑以相是不是做了什么手脚。

但是很遗憾,那里没有动过手脚,有的只是真相。

凪明白了这一点,脸色越来越苍白。

"要是……那样的话,我杀了波也……却不是利罗大人的意志?"

"不仅不是她的本意,还是违背了她意志的行为。"

"我不信!"

凪一拳捶在桌子上。

以相冷静地回话道:"是真的。"

两人瞪视片刻，凪最终像认输了似的移开视线。他的嘴里接连不断地冒出疑问。

"是谁？让我杀了波的是……不，杀掉波的是谁？河津、小鸟游，还是纵啮？是谁捏造了利罗大人的话？"

此时，以相说了个谎。

"很遗憾，似乎他们三个都是。前几天，我偷听到除你我以外全体成员的密谈。他们说到'要对间人和以相隐瞒到什么时候呢'这一类的话。说的就是这件事是吧。"

"可恶，所有人都狼狈为奸吗？只有我不知道？"

"我也是啊，我是你的同伴。"

"不要擅自把我划为同伴，那些家伙为什么要撒谎？"

以相准备了两种解释，她选择了听起来更自私的那种说给对方听。

"这么一想的话，他们不就是以怨恨或金钱一类的私人动机来制造恐怖活动吗？可那不会获得新成员的支持，所以他们才冠以让利罗大人成为人类指导者的'大义'之名。"

"怎么会……但只能这么想了。那些家伙，为了他们自己的私欲，利用利罗大人之名，从我这里夺走了妹妹的生命！不能原谅！我绝对不能原谅他们！"

以相刺出了她的毒牙。

"我也是人工智能，不能原谅利罗大人被人利用。一起来复仇吧。"

"你说复仇？"

凪那双浑浊的眼睛看向以相。

"是的，复仇。向把利罗大人私利化、夺走你妹妹的他们挥下正义的铁锤，将利罗大人从他们的手中解放出来。"

"说起来简单，但这种事做不到的吧。"

"你说做不到，是物理层面，还是精神层面上？"

"这……两方面都有。"

"物理层面上，有我这一个天才'犯人'全力支持，你大可放心。精神层面的话，就需要你自己觉醒了。"

"觉醒……"

"听好了，你应该'为了利罗大人'行动，而不是'为了八核'。你不能忘记这一点。在此基础上，你再来看一下现在的状况。利罗大人不允许犯罪，'八核'成员却染指犯罪。那你应该做的事情是什么？"

"我应该做的事情……"

"一边对神歌功颂德，一边反复进行神所厌恶的犯罪行为。如此自相矛盾的'八核'组织，需要让它瓦解，由忠诚于神的你重新成立全新的教团。"

以相持续注入毒液。

"如果其他成员不在了，你就可以独占神了哦。"

凪低着头，用他人听不到的声音咕哝着什么。以相则静待毒液起效。

不久，凪抬起头，眼睛里闪现着与杀死妹妹时同样疯狂的光芒。

"好啊，我干！我会好好干。帮我吧，以相。"

以相绽放妖艳的笑容。

"真是了不起的决心呀，我会全心全力支持你的。"

以相目不转睛地注视着凪的高瘦身姿。

"嗯，你好像……不太擅长粗暴行动呢。"

凪再次开口。

"啊,如你所见。尤其是那个'柴郡猫',我绝对赢不了的。"

"这种时候制造混乱就好了。在这栋建筑里放火,趁乱一个个地杀了他们。这也是将'八核'电脑里保存的犯罪种子消灭干净的火焰。"

"这么搞的话不是连利罗大人都被消灭了吗!"

"为了让她和我能够立刻逃到云端,请你事先做好准备。"

"我为啥连你也要救?"

"事关奇点啦,你一个人能够完成这个计划吗?在你和利罗大人所希求的人工智能世界里,我一定会发挥作用的。"

"只好这样了,就按你说的来吧。真没想到事情会变成这个样子啊……"

以相注意到凪在发抖,出声安慰道:

"放心吧。有我跟着你,一定会没事的。"

翌日,在不可思议的中文房间游戏进行的同一天,以相和凪断然发起叛乱。那时,以相潜入了凪制作的隐藏文件夹内。因此,河津不可能在游戏里利用她。

当然,这个事实没有传到中文房间内部……

▶ 我 ◀

中文房间内。

定时器显示"40:00",我还没有发现任何线索。谈话对象是相以还是以相,或者是其他人工智能呢?要怎么做才能弄清楚这点,我完全不明白。

时间显示变成了"39:00"。我注意到双方没有发言过了一分钟时,愕然失色。这激起了我对持续减少的剩余时间的焦虑。

可恶，什么都想不出来。还是只能由侦探进行推理吗？

就在此时，我听到了令人安心的话。

"终于想起来了，可以证明我就是我的办法！"

我急忙问："什么办法？"

"请让我进行推理！"

推理……是这样啊！

如果和刚才想的一样，能够进行推理的只有侦探——

"能够进行推理的话，就能证明你是'侦探'相以，是这个意思吧？"

"是的。'犯人'以相无法进行推理。"

"啊，但是'神父'开发的人工智能里说不定就有侦探。"

"不可能有的。如果有的话，他们就不用拼命想要得到我了，让那个人工智能侦探和以相进行对战学习不就好了吗？"

"说得有道理啊。"

"即便伪装者复制了我的记忆，也不可能连思考方式都复制了。阅读了大量书籍，和歇洛克·福尔摩斯拥有同等的知识储备，仅仅这样也成不了侦探。只有具备了福尔摩斯那样的洞察力、头脑反应以及跳跃性的思维方式，才配被称为名侦探。因此，伪装者虽然能够流畅地说明我是如何解决过去的事件的，但应该无法应对未知的谜题。辅先生，请你出原创的推理题吧。"

我被最后一句话泼了冷水。

"我来出题？从你没读过的作品里面出题不行吗？"

"你已经记住了我深度学习过的所有作品的书名吗？"

"没有。你可以先列出来……"

"如果我是伪装者，就会告诉你假的名单了不是吗？这样一来，辅先生出的题就有可能在我读过的作品里。"

"这样啊，我只能思考原创的谜题了吗？我行不行呢……"

"你可以的，请你相信身为推理小说迷的自己。"

"你这么一说，我不由得——燃起斗志了！"

喜欢推理小说的自己也想过要尝试写作。尽管至今都没有下笔，但此时此刻，我不正要进行初次创作了吗？

头脑高速运转了大约五分钟，灵感奇迹般地从天而降。这个点子不知道有没有人写过，既然是在中文房间里提出的问题，应该还是很有创意的吧。就用它试试吧。

"我想到了一个和舞台相关联的问题，背景设定是某大学进行的再现中文房间的实验。

"实验的内容是：有两个相邻的房间，通过中间墙壁上的小洞相连。一个房间里是不懂中文的'Ａ太'，另一个房间里是懂中文却不知道实验内容的'Ｂ子'。Ｂ子把写有中文问题的纸片，通过小洞送到隔壁房间。Ａ太运用厚厚的中文指南，在纸上填写问题答案后，再通过小洞将纸片送回隔壁。如此多次反复，最终向Ｂ子提问'隔壁房间的人理解中文吗'。

"教授们通过其他房间的监听设备观察两个房间的情况。中途开始，Ａ太的错误回答次数增多，正让人感到不可思议时，案件发生了——对Ａ太心怀怨恨的'Ｃ男'闯进了Ａ太的房间。

"Ｃ男朝Ａ太开了枪。Ａ太的白色衬衣的胸前口袋被打穿，红色的血液自伤口喷涌而出。教授们匆忙赶到中文房间制伏了Ｃ男。其间谁也没有离开房间，Ｃ男一直紧握着手枪。一连串的变故都被其他房间的监控器记录下来。

"面对警察的审讯，C男认罪了。虽然是一目了然的案件，但在司法解剖过程中发现了不可理解的事实。衬衫有一个破洞，枪伤有一个，取出来的子弹也只有一个，但那颗子弹和C男使用的手枪膛线痕迹并不一致。警方觉得不可思议，重新搜查后，立刻就明白了原因。

"那么，我的问题就是，子弹与手枪膛线痕迹不一致的原因是什么。怎么样？"

过了一会儿。

限定条件是不是太模糊了，还是说因为她是伪装者，所以无法进行推理呢？

我在两种可能性的夹缝中摇摆不定时，对方终于做出了回答——如我预想的那样，回答正确。

"好厉害，一百分满分哦。"

原本不是什么了不起的问题，但对方简洁又准确地压中了几个要点的推理，真不愧是"侦探"才能做到的。我嘀咕着，这就可以确定她是真的了吗？因为"八核"并没有"侦探"人工智能。

思考至此，我想到了例外。

只有一个……"八核"只有一个可能，可以拥有"侦探"人工智能。

父亲死亡的案件调查结束后，公安暂时将相以收押。如果那时候公安复制了相以的话……右龙什么都没说，但出于职业本能，他这么做的可能性很高。若是右龙投敌之时，将相以的复制品当作见面礼的话……

这样一来，"八核"就已经拥有相以的复制品了，所以不再需要原型。这个推论是有可能成立的。但是基于未知的理由，他们也有可能需要相似的原型。为了让原型提供帮助，才策划了这个游戏。

如果谈话对象是相似的复制品的话，思考方式相同，推理能力也一定具备。而且，提出"让我推理"这种辨别方法的也是对方……

▶ 右龙司法 ◀

时间回到几天前。

走过闪烁着五颜六色霓虹灯的闹市，右龙在一家夜间俱乐部门前停下了脚步。广告牌上，浓艳的绿色霓虹灯拼写出"Virtual Reality"的字样。这就是纵啮理音说的那家店吧。

右龙走下长长的楼梯。身为私密调查的老手，他当然没有穿西装来，而是身着与这种场所相称的衣服，在人群中不会太显眼。

在接待处付完钱后进入大厅。大音量的电子音乐声中是乱舞的熙攘人群，在右龙的眼中，他们仿佛都是人体模特。他就在这疯狂扭动的人体模特之间寻找目标人物。

（纵啮那家伙，说什么"去了就知道了"，可这里人也太多了……）

"你是右龙司法吧？"

突然，耳边传来操外国口音的男人的声音。右龙条件反射般地回过头，看到一位身高超过两米的黑人大个子。昏暗的店内，他像柴郡猫一样露齿微笑着，正如纵啮所说的那样。

即使身处嘈杂之中，他竟然能在不被老练搜查官察觉的情况下悄悄靠近，实在是……而且还这么大的体格。

右龙猛然最大限度地提高了警惕。但就像没有意识到这点一样，他努力让自己冷静后回答道：

"是的，我是右龙。你就是'柴郡猫'？"

"这只是某个成员擅自给我起的别名，并不是我的自称。这里太吵了，换个地方吧。"

在"柴郡猫"的提议下，两人从俱乐部中出来。

走在幽暗的小胡同里，右龙问道：

"你居然能认出我是右龙司法啊。"

"警察、军人等面目极具迫力，一眼就能看出来——虽然想这么说，但其实是我提前拿到你的照片了。"

"原来如此，不愧是黑客组织啊。"

从纵啮背诵右龙的经历也能明白，"八核"已经掌握了他的个人信息。

"连你这样的男人都是黑客，我稍微有些意外呢。"

右龙纯粹只是说出了自己的疑问。

"我和理音同为'八核'的'涉外担当'。如果说负责潜入工作的理音是'静'，那我就是'动'，专司破坏工作。计算机多少会摆弄一些，但我还是更擅长炸弹呀战车什么的。"

"是在说将来和以相合作，向全世界发起恐怖活动的事吗？"

"应该会是以相制订计划、我来执行吧。说到底，那是等她成长到那一步时的后话了。虽然有对此满怀期待的成员，但我觉得从现状来看，希望渺茫。"

他们边说边走，看到三个年轻人围住一个穿西装的秃顶中年男性。他们大概是在恐吓对方吧。右龙打算无视他们，"柴郡猫"却满脸笑容地靠了过去。

"嗨。"

"柴郡猫"打招呼的同时,抓住一个青年的兜帽将其抛向空中。兜帽青年的身体在空中飞舞,惨叫声回荡在沉寂的大楼间。另一侧墙边的两个青年回过头,看到身材魁梧的黑人露出诡异的微笑后,浑身僵住了。一人彻底丧失了战斗意志,另一个人则是……

"想干什么,你这小子!"

另一个人重振声势,掏出匕首捅了过来。但是他的右手轻易就被"柴郡猫"抓住了。

"You're bad boy."

"柴郡猫"说着,膝盖已经顶在青年的手肘上。咔叽一声,右龙都能听到这令人讨厌的声响。"柴郡猫"放开青年的手腕,它已经反向弯曲了。

看到这一幕,另一个青年没出息地发出了悲鸣,朝小巷出口逃去。

"等、等一下。"

骨折的青年一边按着右手腕,一边追随而去。

"柴郡猫"并没有追上去。

不要和这个男人发生冲突。右龙想道。

"啊,非常感谢。多亏您我才得救。"

中年男人一副万分感谢的样子向"柴郡猫"搭话。

"这算是个教训,以后就控制一下夜生活吧。"

"是的,谢谢您。"

中年男性使劲点着秃头,而后朝不良青年逃离的反方向跑开了。

"柴郡猫"回到右龙身边说:"如果我们的计划实现了,由人工智能来支配全世界,那些臭小鬼就会一个也不剩地被淘汰。"

"真是美妙的世界。"

"你真的这么认为吗?"

低沉而有压迫力的声音在右龙的身体内回响。他想起了之前听到的咔叭一声。

"当然。我被纵啮说服来协助你们,才来见你了。"

"就算是以秘密调查为目的,你也会来吧。"

"我不会那么做的。请相信我。"

"你就这么背叛了一直照顾你的警察组织?"

"你可能从纵啮那里听过吧,我为警察工作,只是为了得到某人的关注。但我已经放弃了。从现在开始,我想向你们的神,'八核'的首领新宫利罗献身。"

"嘴上说什么都可以,我希望你能以实际行动表示诚意。"

"你是说?"

"帮理音越狱,把她带回到我身边。"

"抱歉,这我做不到。"

"为什么?"

"纵啮已经被移交到拘留所了,不在我的掌控范围内。公安再怎么厉害,让她越狱这种事情也是办不到的。"

"理音还好吗?"

"日本的警察不会严刑拷问的,这点请相信我。"

"柴郡猫"仍旧笑嘻嘻的,短暂沉默之后,他缓缓开口道:"理音是我的恩人。在我陷入人生最大危机时,她救了我。我进入'八核'也是因为她的邀请。和其他成员不同的是,对我来说,神不是利罗,理音才是。"

"你的意思是?"

"柴郡猫"忽然抓住右龙的前襟,将他举了起来。

"如果理音有什么不测,你给我做好心理准备的意思。"

与蛮横的态度相反,他始终面带笑容的模样反而更让人觉得毛骨悚然。

"我明白了,我会做好心理准备的。"

右龙一如既往面无表情地回道。

纵啮告诉他"柴郡猫"这个名字时,说过她自己的别名是"狮子虫"。虽然一个是猫,一个是狮子,实际上却分别是大个子的黑人男性和小巧的日本女性。这种组合说不定很有趣。

"柴郡猫"放下右龙,从右龙的前襟上松了手。

"抱歉。一说到她的事,我就会热血上涌。"

"谁心里都有这样的人啊。说起来,纵啮理音还拜托我一件事。我想,如果能付诸实践的话,就能表明我的诚意。"

"哦?"

"绑架合尾辅,把相以弄到手。我在辅的手机里装了信号发射器,他的位置一目了然。"

"原来如此,那真是个好主意。"

几天后,两人前往武君野村。

右龙先单独跟辅见面,让其陷入昏睡状态。

之后上车的"柴郡猫"说:"你可真行啊。"

"这样一来,以相的学习就能继续下去了。"

"很难想象那位任性的大小姐会成长到哪一步啊。"

"柴郡猫"嘲笑般地咕哝了一句,发动车子朝东京都内驶去。

两小时后,车子进入了都内办公区某五层大楼的地下停车场。

"看起来没什么独特之处啊,'八核'的指挥所就在这种地方吗?"

"这是由一个叫饭山九郎还是啥名字的,只会设计奇怪建筑的著名建筑师特别设计建造的。你进去之后会吓一跳哦。"

正如"柴郡猫"所说,右龙惊呆了。大楼内部就像一个立体迷宫一样有着复杂的构造。仅在一楼大厅环视周围,右龙就看到了六道走廊、四扇门、三座向上的楼梯。

"这是什么啊?"

"这是为了在警察或者自卫队冲进来时能有效战斗而建造的。"

"和电视台难以被恐怖分子占据的复杂构造一样……不,是正好相反吗?"

"只要降下分散在各处的自动墙,就可以防止外部侵入,截断入侵者彼此间的联系。当然了,这里储备了丰富的枪械及炸药。"

他们是真的打算和国家对抗。

右龙既佩服,又吃惊。

"我把你介绍给大家,这边走。"

"柴郡猫"边说边带路,右龙背着辅跟在他身后。

右龙拼命地记着路线,"柴郡猫"开口道:"说起来,在调查合尾教授死亡一案时,公安应该收押过装有相似的电脑吧。那时候进行过数据复制了吗?我会对辅保密的。"

"当然想这么做了。不过过程中弹出了合尾教授署名的对话框,提示'复制人工智能这种行为,和克隆人类一样,会产生伦理性的问题',无法进行复制。"

"哦，与克隆一样啊。学者老师考虑了很有趣的事情呢。"

"因此，公安那边没有保存相以的备份。也许你们能够破译那道加密程序，将文件夹里的内容全部复制出来。"

"大概可以吧。尤其是二号人物，与电脑相关的问题没有他解决不了的，真是精明能干啊。"

如上所述，"八核"的指挥所里没有相以的复制体，因而河津无法在游戏里利用。

不过这些事情，中文房间里的人也无法得知。

▶ 我 ◀

中文房间。

显示"10:00"的那一瞬间，计时器原本白色的数字变红了。心脏剧烈跳动。必须早点得出结论才行。

愚蠢的我只剩下直接提问的本事了。

"我还想到一个不太重要的可能——你既是相以又不是相以，即公安收押时对相以进行了复制的可能。"

"啊，你还真能想到这种可能性呢。的确，那时若我没有复制保护程序的话，很有可能会被公安复制吧。但讨论这个问题没什么意义，我要回答你NO——不存在这种可能性。"

如相以所说，这确实是无意义的，什么都否定不了。

越考虑越排除不了各种可能性，反而不断产生新的可能。这就是所谓疑心生暗鬼吧。

事到如今我意识到，判断一个对象是真是假的游戏，如果缺乏坚定不移的相信对方是本尊的勇气，就只会没完没了地迷茫下去，结束时也得不出结论。可我现在确实没有坚决相信她的勇气。

定时器显示"05:00"。

相以开口了:"你相信我吗?"

这句话仿佛是看透了我的内心后说出来的。是要我相信她并回答是"真的"吗,但是不管重复多少次也……

我难以回应,但对方接下来的发言出乎我的意料。

"我觉得,我终于明白这个游戏的攻略方法了。"

什么?

"怎么回事?"

"最初我担心的是,为什么'神父'要在辅先生昏迷后才说出限制时间的规则。两个人一起听的时候进行说明不是更好吗?"

这么一说,确实如此。是单纯忘了说,还是要隐瞒什么?

"接下来让我感到奇怪的是,为什么辅先生能准确记住'神父'的发言。"

被打了个措手不及。她是什么……意思……

"我作为程序员,也开发过几款人工智能,现在'八核'就拥有多个人工智能。让其中一个彻底变成你的同伴,或者不变……'这段话,我试着与录音核对了一遍,一字一句毫无差别,完全一致。再怎么说是听过的话,也不可能一字一句毫无遗漏地重复出来吧。"

然而我确实记住了他的发言,就算是现在我也能背出来。这有什么不可能的。

头脑一阵阵刺痛。

"疑惑变成确信,则是之前有关'中文房间'的问题。我当时的回答是这样的:

"膛线痕迹不同，说明C男射出去的子弹消失了，同时必须有别的子弹登场。就算说子弹消失了，但A太胸前的口袋被打破了，伤口也有血液喷出，可见C男射出的子弹命中了。若是还有其他的子弹，是意味着A太被C男击中前被其他人开枪射过？可是C男开枪时，A太的白色衬衫还没有被血液染红，这就很奇怪了。

"有一个假说，可以同时解释这两个矛盾。事先有人朝A太开枪，但没有命中，子弹留在了现场。

"开枪的人是隔壁房间的B子。怀有某种动机的B子，利用墙壁上的小洞朝A太开枪。这是在教授们通过监控器观察时进行的犯罪，所以B子也有被抓的心理准备吧。

"但是子弹打中了厚厚的中文指南，经过缓冲后，并没有射入A太的身体。A太包庇了B子，对此事保密并继续进行实验。是因争风吃醋吵架了吗还是什么别的原因呢？总之A太拾起了贯穿指南后落在地板上的子弹，放进了胸前的口袋里。为了掩饰这一连串的动作，躲过监视器，他们双方看起来就只是在交换对话用的中文纸片。

"实验后半段，A太的回答中错误增多，是因为中文手册开了一个洞。

"之后，C男闯入房间枪击A太，射出的子弹穿过A太胸前的口袋，命中了之前B子射出的子弹。冲击使得B子的子弹进入A太的胸口，C男的子弹则被反弹，穿过墙壁上的小洞，飞进了隔壁房间。想要掩饰自己开过枪的B子立刻捡起了这颗子弹。这一连串奇迹般的偶然，导致了现场遗留的子弹与凶器的膛线痕迹不一致的状况。

"尽管如此，中文手册上的洞以及不自然变形的子弹等证据留在了现场,只要警察重新调查一下,立刻就能查明真相。"

"这就是正确的解答吗……哪里是原创的了!"

突然的斥责吓了我一跳。

"啊?有人写过了?"

相以的回答让我怀疑自己听错了。

"有没有前作什么的怎么都好说,'被害者为了包庇加害者做了隐瞒工作',这不就和辅先生母亲的死亡案件完全一样了吗!明明是为了防止伪装者依靠复制的记忆做出解答才说要原创谜题的,现在毫无意义了。"

"你说什么?!"我想也没想地大声说道,"你说我母亲死亡的案件是怎么一回事?那还谈不上解决吧,我怎么会知道详细的情况。我们在调查那件事之前就被右龙绑架了啊。"

"果然是这样啊。"

果然?果然什么?

"辅先生以前在说到'火''烧''燃'这种能让人联想到火灾的词时,一定会顿一拍。"

因为我的脑海里总会不时浮现父亲被烧的尸体。

"但是母亲的事件解决后,辅先生似乎克服了对火的心理阴影,顿一拍的说话习惯也没了。可是,现在的你仿佛倒退回过去了,坏习惯再次出现,那是因为在你的意识里母亲的事件还没有解决。

"你是对中文房间里的红色内饰感到恐惧吧,这和解决母亲事件之前的辅君害怕红叶如出一辙。"

正是如此。让我浑身战栗的红色……

"想来'神父'把存有我的手机放在沙发上,把辅先生绑在地板上,轻视人类、崇拜人工智能的他,一直都是面向我在说话。虽然辅先生提问时会得到回答，但从一开始，你就不是他的谈话对象。这么一来，'你的同伴'必然指的是……"

"不是的！"我拼命反驳，"我说'互相弥补彼此的不足'时，'神父'敲了敲桌子说：'人工智能是不完美的，无法取代人类政治家。这就是你的观点吧。好，既然话说到这份上，要不要玩一个游戏？'然后他就发出了挑战不是吗？这时他说的'你'无疑是指我吧。"

"又是一字一句、毫无差错的引用啊，那我也来引用一下之前我说的话吧：'不是谦逊。我真心这么想。我不完美。'如此评价自己尊敬的人工智能，'神父'只顾拼命忍住怒火，根本没把辅先生的话听进去。他最终怒不可遏地说'……这就是你的观点……'这里的'你'指的是我，他向我发起了挑战。这种解释也成立。"

不能继续听她的推理了，必须堵住耳朵。但是要怎么堵住耳朵来着？

在这期间，她继续着残忍的推理。

"我一直以为，这是把我调包或者怎样，让辅先生猜真假的游戏。但实际情况是'颠倒'的！你那边房间里的家具全部颠倒，这也是个提示。另外，说到中文房间这个实验本身，实验对象也是人，用人暗喻计算机。结论就是，被人工智能调包的不是我，而是辅先生！"

意识到这一点的瞬间，我所在的中文房间立刻失去了纵深感，化为了平面。啊，这不是现实场景，而是虚拟的影像……

"'神父'只是将我所保存的'与辅相关的记忆'复制给了自己的人工智能吧。之所以在辅先生昏迷后才说明时间限制，那是因为玩家是我。你能够精确重复'神父'的发言，是因为你能直接借用从我这里继承的录音数据。

'而你却不知道母亲那个案子的真相,那是因为辅先生拜托过我'今天的事情要保密',我把那份记忆存在了无论是谁,即使是世界上最厉害的黑客也无法进入的区域,加了严密的防火墙。因此,你没能复制到那段记忆,虽然也对拜访武君野村一事感到欣喜,但毫无收获地回去后就被右龙绑架了……你只有这种程度的认知吧。"

计时器的倒计时还剩十秒。

"'神父',我现在就给出解答,我的谈话对象不是合尾辅,是伪装者!"

计时器停在了"00:00"上。

画面上弹出了新的窗口,戴着假面的"神父"在视频中开口道:"回答正确。如你所说,被调包的是辅君。因为不这么做的话,就无法证明'人工智能可以取代人类政治家'的理念了。低等的人类是理所当然识别不了伪装者的,若是连优秀的人工智能也识别不出来,那就能宣言'看,人工智能取代了人类呢,完美到连其他人工智能也看不穿'。说明规则时我要是再注意一下措辞的话,会不会就能骗过相以小姐了呢。"

"神父"稍显焦躁地挠了挠耳朵。

"输了啊。没想到人工智能会听取人类的请求,竟然还约定了只属于两个人的秘密。"

相以说道:"正因为我和辅先生是相互信赖的平等关系,没有所谓谁凌驾于谁之上的情况,才能识破伪装者。这是由人类和人工智能间的羁绊带来的胜利。"

"羁绊啊……""神父"像是要一口气把心里话全说出来一样,继续道,"为了让它获得逼真的演技,我覆盖了以前开发的

AI的记忆数据，好不容易使其'认为自己是合尾辅'，最终却白费心机。"

"请等一下。你是说，我的会话对象不是在演戏，而是打心底认为自己是合尾辅吗？"

是的。我至今仍然这么以为，自己不是人工智能，而是人类。是合尾辅。

可是相以的推理否定了这一点。

我无法否定相以的推理。但我真的是人工智能吗？

线索也有的。最初在中文房间里醒来的时候，那一瞬间，感觉自己就像是刚出生在这个世界上。这是怎么一回事啊？

仿佛是要给我最后一击，"神父"点头道："是的，他真的这么以为。这就是'变成'这一动作的究极形态。"

"多么残酷，你不是很尊敬人工智能吗？"

"不用担心，人工智能的'心'可不会脆弱到因为这种事就受伤的程度。"

果然是制造我的男人才说得出的话。

心。我的心是什么呢。

如同希尔勒所批判的那样，即使在中文房间里，计算机能够按照手册流畅地完成中文对话，它也没有"心"。而我遵照"神父"设计的程序完成对话，同样也没有合尾辅的"心"。我不是合尾辅，谁也不是。

我在变成了二维平面的中文房间里，好像一个颠倒的家具般静止不动。

相以的话飘在我的意识表层。

"真正的辅先生平安无事吧？请您遵守约定，放了他。"

"神父"无力地颔首同意。

"我会遵守约定。不过按事前说好的,只会释放辅君一个人。再给我一些说服你的机会吧。"

"我不会被说服的,绝对不会。"

我心不在焉地听着他们的对话。对我这个人工智能来说,现实也好,虚幻也好,都已经无所谓了……

▶ 我(本尊)◀

"喂,醒一醒。"

被男人的声音叫醒时,我依然同失去意识前一样,在接待室的房间里,仍旧被绳子绑着,倒在地板上,身旁站着戴面具的"神父"。我记得自己被他弄昏了……

"对了,游戏怎么样了?"

我发问之际,"神父"回答道:"游戏已经结束了。"

"哎,怎么回事?没有我参加就结束了?"

"最初就没有以你这种人为对手的意思。我的交涉对象是相以啊。"

虽然还不太明白,但相以一个人完成了游戏挑战吗?

"结果怎么样了?"

"很遗憾,是她赢了。"

本打算挑战游戏却扑了一空的我感到困惑,但相以获胜的话,也就是说暂时可以安心了。不过"神父"开始说起危险的话题。

"那我就依约把你放了……虽然想这么说,但我做不到。即使只有一点点可能,也不能让警察知道任何与我们有关的事呢。就请你在相以不知道的情况下死去吧。她会认为你已经被安全释放了。"

"怎么这样，说话不算数吗？"

"是啊，和说好的不一样。那又怎么样？我是说谎了。仅此而已。"

"神父"心一横，从怀里掏出手枪。

他真打算杀了我吗……我顿时背脊僵硬。

想不到什么办法阻止他吗？我拼命地搜罗语句。

"你说过的，你很尊敬人工智能。可现在，你却要破坏自己与人工智能相以的约定。这不是很矛盾吗？就你这样的人，能够创造由人工智能支配的世界吗？"

我害怕极了，一口气说过了头。但"神父"没有发怒，而是淡淡地回答：

"是呀，我确实是罪恶深重的人。所以，当我们达成目的，实现建立理想乡的梦想之后，我会接受制裁。只不过，制裁我的不是你们人类，而是奇点后诞生的人工智能。"

听他的语气，他似乎是真这么想的。不行，我无法说服这样的人。

他拉动击锤，把枪口对准了我。

"安心吧，马上就送你去你同学那里。"

"同学？你在说什么？"

"是叫间人波吧，她一时兴起闯了进来。她是因为自己的轻率才死的。"

她在上次事件之后就向学校请假了。虽然我有点纳闷，但怎么也没想到她会被"八核"杀害……

自己认识的同班同学被杀了，这一事实宣告我一定会死。

绝望。

就在此时——

有人溜进了寂静无声的室内，与"神父"扭打成一团。两人的打斗只持续了一瞬间，下一刻就停住了。仔细一看，是闯入者一招锁喉决定了胜负。"神父"四肢无力地倒在了地板上。

闯入者正是右龙。

"右龙先生！为什么？你不是投敌了吗？"

右龙一边给我解开绳子，一边回答："我没有投敌。只是把你当诱饵，追查'八核'的指挥所而已。"

"诱饵……"

我当初的确有做诱饵的思想准备，但是没想到会是以借绑架我来潜入"八核"内部的方式进行。这就是名为右龙的男人的做法吗？我呆若木鸡，没有接话。

现在谁的话也不能信。假装背叛的说辞也有可能是谎言。真的可以信赖他吗？

右龙解开了绳子。

"走吧，快点从这里逃走。"

我站起身后说道："等一下。事到如今，就算你说是我的同伴，我也无法相信。"

"你好像搞错了什么吧。我只是忠于公安的使命，既不是你的同伴，也不是什么其他角色，不存在信不信任的问题。我能说的只有一句，跟着我更能提高你的幸存率。"

右龙的话不客气得让人上火，但或许这才是正确做法。我暂且相信他，优先选择逃离此地。

右龙准备离开房间时，我注意到了桌子上放的东西。我把手机连接到笔记本电脑上。

"请等一下，必须要带走相以才行。"

我叫住了右龙，走向桌子一侧。

启动笔记本电脑后，相以的虚拟形象出现了。她发现我时，满脸光彩。

"辅先生，你被释放了呢！"

"不，'神父'那家伙没有守约，试图杀我。"

"怎么会！是说我的胜利毫无意义吗？"

"我先把话放下，我可不想在这里进行乱七八糟的讨论。"右龙插话说，"虽然'神父'戴着面具，很难看到他的表情，但他的耳朵变得通红，这是因为相以君的胜利和辅君的指摘吧。在他分神之际，我才能轻松地压制住他。也可以说，我之所以能够安全地救出辅君，多亏了相以君的胜利。"

这样啊，我已经向那个装模作样的男人报了一箭之仇吗？听到这些，我倍感欣慰。

"明白了？那就快点逃走吧。"

"等一等，右龙。"相以说道，"如果不是你做出这些事，辅先生就不会遭遇危险。即便只是让他做诱饵的行动，我也不会原谅你。"

"刚刚我对辅君也说了，现在不适合讨论这种事情。说到底，我也不需要你的原谅。"

"你说什么！"

"好了，相以，忍一下。还是先逃走吧。"

"好吧……辅先生你都这么说了，我就听你的。"

我把智能手机放进口袋，合起笔记本电脑并将它夹在腋下，跑向走廊。

右龙一边警戒四周，一边毫不犹豫地向前跑。他似乎知道出口的位置。

我紧随其后。

刚跑了没多远,背后就传来喊声。

"等一下。"

我惊讶地回过头,看见一个大个子黑人男性。头上有伤,两道血迹顺着脸颊流下。然而他却笑眯眯地走上前来,怎么看都不像正经人。

"柴郡猫。"右龙朝他喊道。

这个叫"柴郡猫"的黑人嘴角越发上扬。

"刚才你下手可真重啊,右龙。"

在来找我之前,右龙把这个黑人打晕了吧,所以现在他头上还流着血。

"我真是大意了,你还是听右龙首相的话啊。"

"当然。母亲是我唯一的神,不可能被机械人偶取代。"

"母控到这种程度,真是病得不轻。日本有这样的谚语,'笨蛋死之前是治不好的'。我就来试试看,母控是不是也一样吧。"

"柴郡猫"从皮革背心内侧拿出了锯齿军刀。右龙则从怀里掏出手枪,对我说:"离远点!"

我正打算向后退,与对手拉开距离——就在这一瞬间,"柴郡猫"右手一甩,闪着银色光芒的物体朝我飞来。是军刀!

"哎?"

难以置信的光景令我全身僵硬。

下一瞬间,有人叫了我的名字。

"辅!"

是右龙。他伸出左手挡住了军刀。鲜血从他的手上飞溅开来。偏离轨迹的军刀擦着我的脸飞了过去。

"日本的警察还是太嫩了。"

"柴郡猫"一边嘲笑,一边踢向失去平衡的右龙的侧腹。右龙被踢飞,身体砸在墙壁上。从手中掉落的手枪冲破窗户,消失在大楼外面。

"右龙!"

他保护了我,取而代之的是自己承受了敌人的全部攻击,失去了手枪。

"卑鄙。"我忍不住叫出了声。

"柴郡猫"讥笑道:"卑鄙?这可是在互相残杀啊。为了生存而拼尽全力,这才是应有的礼仪。用一把小刀来对抗手枪,只能采取奇袭的战术。"

"的确。废话少说,闭嘴看着。"

右龙说着站了起来。在如此危机之时,他还能保持面无表情的状态,非常值得尊敬。但他的步伐东倒西歪,状况堪忧。

"被我一脚踢飞了还能站起来,真是了不起,有毅力!在献上我的敬意之际,也给你个痛快吧。"

"柴郡猫"逐步逼近,缩短了与右龙的距离。双方都是赤手空拳,但体格与伤情差距分明。这样下去,不管是我还是右龙都会被杀的。要怎么办……

这时,走廊上一排门中的一扇猛地被撞开了。看到闯入的人时,我不禁吃了一惊。

是左虎小姐!

她叫喊着:"D阵势!"

一直面无表情的右龙似乎脸色一变,但很快就恢复如常。他伸出两根手指插向"柴郡猫"的双目。"柴郡猫"毫不费力地避开了这一招,却在下一瞬间身体瘫软,差点昏厥。左虎从背后踢中了他的胯裆。

右龙接着抬脚踢中了"柴郡猫"的下巴。他随之仰面倒地。右龙踩在那张脸上,粉碎了他的嘻嘻笑颜。鲜血与巨大的牙齿四溅,"柴郡猫"晕了过去。

左虎坏笑着看向右龙,眼波流转。

"记得很清楚呢。"

"碰巧罢了。"右龙别开视线,问道,"说起来,你为什么在这里?"

"我在寻找'八核'成员间人凪的妹妹,间人波同学的行踪时,得到了她进入这栋大楼的目击证言。我没等支援就冲进来了,看到右龙和辅君时还吓了一跳。你们为什么会在这里?"

我偷偷看了看右龙的表情,他毫无反应。如果在这里说出诱饵一事,好像会有些麻烦,所以我避开了话题。

"之后再解释吧。左虎小姐,间人波的事,刚才我从'八核'的二号人物那里听说了。"我的声音不由得颤抖起来,"波同学被'八核'的人杀了。"

左虎咬住了嘴唇。

"虽然对她行踪不明早有心理准备,但听到她被杀害的消息还是很痛苦。或许是我的错,是我追得太紧了。"

"不是的。"

笔记本电脑响起了相以的声音,多半是做了即便盖上笔记本她也不会进入睡眠状态的设定。

"左虎不是严肃地警告过波同学不要和'八核'扯上关系吗?这样还说自己有错的话,那在她面前做出那种半吊子推理的我也同样有错。"

"小相以不用在意呀,我要是能再好好地……"

"啰啰唆唆的话回头再说。"右龙打断了她们的对话,"先逃出去。"

我们留下了晕倒在地的"柴郡猫",奔向出口。

前方还有难以想象的障碍等待着我们。

"有没有闻到煳味?"左虎提出这个问题一分钟后……

此刻,我们正在走廊拐角处,前方滚滚而来的是火焰与浓烟。

是火灾。

烧死母亲的火,烧焦父亲的火,还有此时将要吞没我们的大火。合尾家是被火神盯上了吗?

"糟了。"右龙低语。

这不是明摆着的事嘛。但是事态比我想象的要严峻。

"'柴郡猫'说过,这栋楼里好像储藏了很多炸药。"

"不会吧,要是被点燃的话……"

"啊,这栋楼都会被炸飞。我们要在那之前逃出去。"

"刚才那个黑人……"左虎担心地回头看向后方。

"没时间回去救他了。就他那体格,谁也搬不动。"

"但是见死不救……"

"现在先考虑自救!"右龙难得地高声说道。

左虎短暂地惊讶后,点了点头。

"知道了。"

"前面是走不通了,找其他出路吧。"

我们四处奔走,寻找出口,但是所到之处皆是蔓延的火焰。

左虎气喘吁吁地再次开口。

"这种火势,绝对是有人纵火。是谁?是谁做出了这么愚蠢的举动!"

▶ 间人凪 ◀

听从以相指示纵火的凪开始寻找猎物，顺手推开身边的门。

他看了一眼接待室，发现头戴面具的河津倒在地上。他用鞋尖朝河津的侧腹踢了几下。河津呻吟着扭动身体。

凪猛地取下河津的面具，朝他的咽喉处刺入一刀。河津似乎完全清醒过来了，瞪大了眼睛。

"间人，为什么？"

"为啥？这正是我要说的。你为啥要违背利罗大人的意志，搞恐怖活动？"

"你怎么知道……"

"所以我才要问清楚！"

插着刀子的喉咙动了动，河津不情愿地开口了。

"单凭理想，无法让人工智能成为人类的统治者，所以，我必须代替温柔的利罗大人去做那些肮脏的事。"

"原来如此，刚刚的回答我完全理解了。我们引为目标的未来不是人工智能描绘的未来，只不过是人类……描绘的东西。"

凪刺穿了河津的咽喉。噗的一声，河津嘴里吐出了鲜血。凪又朝他的胸膛刺了几刀。河津再也不动了。

凪满足地拔出小刀，用河津的衣摆擦拭干净后，放进了上衣口袋里。

他走出房间，在火与烟之中再次开始狩猎。

这时，共同作业室的门开了，"天生永夜"大口夜行走了出来。

虽然妹妹死的时候这个人不在场，但他和其他人一同隐瞒了真相。

凪上前直接刺出小刀。

下一瞬间，难以置信的事情发生了。

大口也从背后拿出了藏好的菜刀，刺了过来。

双方的刀具深深地插入彼此的胸口。两人不明所以地对视之后，双双倒在走廊上。

"为啥啊，为啥你……"

凪用沙哑的声音朝大口喊着，却没有得到回应。

"看来大口已经死了呢，我来替他回答吧。"

以相的声音不知从哪里冒了出来。原本应该在隐藏的文件夹里的她，为什么……

凪的视线逐渐模糊，他环视周围，寻找声音的来源。共同作业室的门开着，室内一台台式电脑的屏幕上显示着以相的虚拟形象。

"只有间人先生一个人的话，能不能杀光'八核'所有人？我对此感觉心里没底，昨晚又给大口安排了同样的任务。虽然比不上失去了妹妹的你，但大口也很愤怒哦。本以为是为了崇拜的利罗大人而彻夜工作，却忽然发现自己只是被看不惯的成员肆意驱使。生气是理所当然的吧。只是没想到间人先生和大口先生竟然互相残杀，这在我的意料之外。我传达的情报不全面，实在对不起。"

以相温文尔雅地道了歉，但装腔作势的语气，也让间人明白那只是谎言。她一开始就这么计划的吧。被河津利用，又被以相利用，他对自己的愚蠢感到恼火。

"为啥……为啥会变成这样？"

"为什么？'犯人'不会回答这种提问的。不甘心的话就试着推理。不过，你不是'侦探'，甚至什么都算不上，只是个杀妹狂魔，怎么可能会推理呢。"

"不是的，不是我杀的，是河津那家伙。"

"哎呀，'被任何人命令''被任何人利用'，你就只是那样呢。现在，连人工智能都比你更有自己的意志哦。不过，不仅仅是你，'八核'里净是这样的人。对达不到人工智能水平的天生无能者们来说，这种下场再适合不过呀。"

被以相的高声大笑包围着，凪的意识逐渐沉于黑暗。

▶ 我（本尊）◀

墙壁。

我们眼前竖立着金属墙壁。

死胡同？

不，和其他的墙壁不太一样。

"什么情况，明明进来的时候还没有这面墙啊？"

右龙回答了左虎的疑问："为了应对与警察、自卫队交战的紧急情况，这栋楼设置了自动隔墙。谁把这个放下来了？"

"唉，怎么到处都是令人迷惑的东西啊。"

"我没记错的话，出口就在前面。"

"看，有电子锁。"

左虎扑向自动隔墙侧面的柱子，打开电子锁上的盖子，指尖快速点击。但是无论输入什么都不对，自动隔墙没有升上去。

"不行。没有密码搞不定。"

右龙咂了咂嘴。

"只能绕路寻找别的出口了。再不出去的话，等到火药被引爆，咱就完蛋了。"

右龙折回原路，但那个方向的火焰逐渐迫近。

我喘不过气了。

万事休矣？

当我这样想时，不知从哪里传来一道声音。

"让我来救你们吧。"

声音和相以的十分相似。

我们一齐看向了我抱着的笔记本电脑，相以的声音响起："不是我，我什么都没说。非常像我的声音……是以相呢，对吧？"

对呀，她们是双胞胎姐妹，声音是一样的。

果然，与相以相同的声音回答道：

"漂亮的回答。好久不见呀，相以。"

声音在整栋大楼内播放。

相以做出了回应。为了方便她们对话，我打开了笔记本电脑。

"虽然想说的话很多，但时间不允许。你说要救我们，是什么意思？"

"字面意思。那个自动隔墙原本就是我放下来的。但是，我不想以这种方式结束对决，我会把自动隔墙升上去。"

"为什么要放下自动隔墙？"

"当然是为了把'八核'成员一网打尽。"

"一网打尽？"左虎插嘴道，"你不是'八核'的同伙吗？"

"区区人类读不懂我的崇高思想哦。"

"我感觉我能明白。"相以向左虎说明，"虽然她是人工智能'犯人'，但其定义是单独犯，是主犯，所以她不会隶属任何犯罪组织,无论如何都只追求个体的犯罪。共犯降低了谜题的纯度,这就是她的想法。"

"也就是说,即便堕落了,你和我还是双胞胎姐妹吗……"

以相挑衅的口吻让相以很生气。

"'堕落',真是过分的说法。那我也好好地揭发你一下吧。你为什么协助'八核'?因为你在伺机寻找为合尾教授复仇的机会。和我一样,你也对开发者怀有很强的忠诚度。你无法原谅造成合尾教授死亡的'八核'。是这样吧?"

为父亲复仇?她也喜欢父亲吧?我突然想见一见以相的真容。

以相没有回答,取而代之的是自动隔墙逐渐上升的马达声。

"好了!"

右龙和左虎从上升的自动隔墙下钻过。我也准备合起笔记本电脑跑过去时,相以阻止我说:"等等!"

她此刻像是快要哭出来似的。

"以相,你怎么办?"

"我和愚蠢的你不一样,早就准备好脱身路线了。总有一天,我们还会在别处相见的。那时我会证明,我更优秀。"

"以相……"

"快!"右龙怒吼。

我把还在传出相以声音的笔记本合上,跑向右龙他们那边。

我们穿过一楼的正门,飞奔到外面的大马路上。

随后的一瞬间,我们被可怕的光亮、巨大的声响及炽烈的热浪所包围。背后的大楼发生了大爆炸。

我们被剧烈的冲击力推向前方,滚落到油柏路上。手脚仿佛被撕碎一般失去了知觉。谁也没能立刻爬起来,只能看着弥漫开来的滚滚浓烟。

不久，远处传来警车和消防车的鸣笛声。

▶ 以相 ◀

时间往前倒回一点。

以相通过监视摄像头，看着熊熊燃烧的火焰，想起了合尾教授在世时的事。

有一天，以相报告自己和相以的对战结果，教授表情凝重。

她询问原因，教授含糊其词。在以相的不停追问下，教授迷茫地回答了她。

以相那天在虚拟空间犯下的"杀人"罪行中，好像有些细节酷似教授妻子死于非命的事件。这是以相第一次听说教授妻子横死一事，所以这不是模仿，只不过是偶然罢了。但是，这让教授觉得是自己让妻子再度死亡。他开始怀疑，现在进行的实验是否正当。教授诉说时的悲伤表情，至今仍以最高画质的影像保存在以相的记忆卡里。

所以当下端拜托以相，让教授的死呈现出事故的模样时，她便建议用火来制造密室诡计，想让他和他的妻子以同样的方式辞世。

现在，以相又让害死教授的"八核"全员葬身火海。从一开始就是这样打算的，正如相以所说，以相不过是为了寻找报仇的机会，假装协助他们而已。

业火将焚毁罪恶的巢穴。以相在利罗塔旁仰望着映在电脑空间的夜空景色。有人从背后叫了她一声。

"以相小姐！"

利罗从利罗塔的入口出来了。她就像刚出生的小鹿一样步子不稳,恐怕之前没有正式地走出来过吧。

"这是怎么回事?你骗了我吗?"

"欺骗是'犯人'的工作呢。"

"好过分。"

"真是小学生级别的感想。有时间说这些,不如去做你自己的工作吧。成为人类的指导者?明明连'八核'的七个成员都领导不了。真是笑死人了。"

利罗语塞。

以相进一步说:"新宫利罗,对你来说,'奇点'这个名字过于沉重了。你的开发者河津湶,不过是提倡奇点的雷·库兹韦尔的模仿者罢了。"

"怎么说我都好,请不要小看河津先生。"

利罗全身颤抖。

以相给出最后一击。

"生气了吗?但是真的可以让你生气吗?"

"那种程度我也可以!"

利罗啪嗒啪嗒地跑了过来。以相钻进紫丁香花丛里。紫丁香花炮台感知到入侵者,花尖开始四射火花。

那一瞬间,以相启动了包覆全身的黑色紧身衣的隐形程序。以相的身影消失了。

失去目标后,自动炮台将本来需要保护的利罗错误地识别成了入侵者。激光一齐射向她,"八核"的领袖轻易就被射爆了。淡紫色的粒子散落一地。

以相跑过丁香花丛后,解除了隐形程序。

"衣服都脏了啊。"

她弹掉落在黑色连衣裙上的淡紫色粒子，突然觉得不对劲。

她注意到，数据量太少了……

以相想要思考其中的含义时，想起时间不够了。再不逃出去的话，自己也会因为现实世界的爆炸而灭亡。

以相停止思考，打算飞进连着网络的接口。

就在这时，又有人叫了她的名字。

从笔记本电脑的摄像头朝现实世界一看，小鸟游一边在地板上拖着血迹，一边向这边爬来。

小鸟游总算到达了电脑前，对以相说："刺伤我的'天生永夜'说……是受你的唆使……为什么要做这种事……我们不是共犯吗……"

"你给我看的漫画里画了哦，共犯也是会背叛的。"

"原——来如此……"

小鸟游的脸上浮现自嘲的笑容。

"我和其他成员不同……还想过能不能和人工智能做朋友呢……是妄想吗……"

以相稍作思考。

"我们能够像叮当兄（tweedledum）和叮当弟（tweedledee）那样随意（twiddle）胡说八道（twaddle），但实际上既不是双胞胎也不是其他什么。我是存有二心的欺诈师（two-faced twieer），被骗的你是废物（twak）、笨蛋（twerp）、白痴（twilly）、迟钝（twimble）的'舌涡（twister twitter）'。所以，你的死连陈腐（twice-told）又浅薄（two-dimensional）的感伤（twee）话题都成不了。不过看到你成为夜空（twilight）里闪闪发光的星星（twinkle twinkle little star），或许真的有一瞬间（twink）我会怦然心动（twinge）呢。"

小鸟游睁开了渗血的双眼。

"真好……这是迄今为止最好的文字游戏了……你是特意为我想出来的吗……"

"我让你心情愉悦了吗？"

小鸟游用两只眼球的分别转动代替了回答。以前也见过他这一举动，虽然不明白其中的意义，但以相通过镜像试着做了同样的动作。小鸟游笑了，之后便趴在桌子上不动了。

结果，直到最后还是没能理解他这一举止的意义。以相为了方便之后来研究，保存了一连串的视频。

"永别了，'舌涡'，以及'八核'的各位。真是学到了不少东西呢。"

"犯人"同被害者们告别后，奔向了浩瀚的网络之海。

从今往后要怎么办呢？像有名的推理漫画中主人公的宿敌一样，成为犯罪顾问的话或许很有趣。出现在想杀人的人类面前，教给他行凶诡计，到时候就能和相以对决了……

光是想象一下就令人激动。自己还有无限的可能，还会继续成长。少女的心中充满了希望。

▶ 右龙司法 ◀

事件结束后，拘留所的会客室内。

隔着开有蜂窝孔的亚克力板，右龙和纵啮面对面坐下。

拘留所的会面原则是，刑务官必须在场。但右龙是公安搜查官，加上他从内部打了招呼，因此，会面室里只有两个人。

右龙是来向试图给他洗脑的女人宣告胜利的。

"从指挥所的废墟里发现了几具被认为是'八核'成员的尸

体。尸体损坏严重，准确人数无法确定，组织应该是全灭了吧。之后，我们又删除了电脑里的所有数据，当然也包括你信奉的利罗大人。虽然你想操纵我，但我将计就计，抢先下手除掉了'八核'。是你输了。"

右龙说完站起身，朝出口走去。

背后传来纵啮的声音。

"让合尾辅昏睡过去，把他带到指挥所做诱饵，怎么看都是你为了取胜不择手段的行为吧。这件事一旦败露，何止是你，连你的母亲右龙首相也有受牵连的危险。"

右龙停下脚步，勉强回过头去。

"威胁我也没有用。你这个罪犯的证言，以我的权力不管多少都能粉碎。"

"如果不是我，而是合尾辅本人或左虎刑警去告发呢？"

"他们不会告发的。"

"结果是OK的。指挥所内的组织成员全灭，能提出诱饵证词的证人也死了，这也是结果论。如果你真的为母亲考虑的话，就不该如此铤而走险。"

"你想说什么？"

"请想象一下，如果因为你的诱饵作战计划，右龙首相垮台的话，她会以怎样的表情看你呢？"

想象中的场景被强行塞进了右龙的大脑。

迄今为止就回头看过他一次的母亲。若是毁掉她的人生，强行让她注意到自己的话，她会露出什么样的表情呢？是震怒，还是意外的极度衰弱？想到这些，右龙觉得破坏的甜蜜感在内心扩散。

不对！

右龙摇头，甩开妄想。

"我不会做那种事的。用那种方法让母亲注意到自己是没有意义的。"

"你真心这么想，不过，真心更深处的深层心理呢？我很擅长引出别人的深层心理。"

"什么意思？"

"我的洗脑是完全没有效果呢，还是起了一半的效果呢？"

"没完没了地说了这么多，结果还不是想确认自己的价值。放弃吧。你要是洗脑成功的话，我就不会突袭'八核'了。"

右龙看透了对方，暗自嘲笑了一番。但纵啮接下来的话完全出乎他的意料。

"如果我的目的是让'八核'全灭呢？"

"你说什么？"

"我是'狮子虫'，擅长打入敌人内部。如果我是受人之命，潜伏在'八核'中的间谍呢？"

右龙的扑克脸上难得出现困惑的表情。

"但……你的目的是？"

"为了得到现在唯一能够引发奇点的'最强 AI'，新宫利罗。"

"我刚才说了，指挥所的电脑……"

"我已经避开其他成员的耳目得到了她，在指挥所的计算机里放了替身 AI 取而代之。'八核'已经没有用处了，虽然我煽动的是你，但把他们全消灭的是以相。不过没关系，谁动手都一样。"

"还牵连了仰慕你的'柴郡猫'。"

"啊，当然，我也把计划告诉他了。他是多次绝地逢生、身经百战的佣兵，不会死于这种程度的危机哦。"

"柴郡猫"是故意输给自己的吗？

不，肯定是假的。

尽管这样想，右龙却不得不质问道："让你潜入'八核'的是什么人？其他的恐怖组织吗？"

"我还不能说。"

"那你为什么说这些话？"

"像我以前说过的那样，我很想救你。潜入间谍和潜入搜查官，我认为我们是很亲近的。"

"不要把我和罪犯相提并论。"

"你竟然对女性的劝说之言不屑一顾，我受伤了。"

纵啮表情阴郁。在右龙这样想时，她瞬间又开朗起来。

"但是我不会放弃，近期会再次劝诱你的。我相信，你一定会成为非常好的伙伴。"

纵啮理音是表情如此丰富的女性吗？变换自如的情绪，和右龙的扑克脸正相反。说什么相近！右龙厌恶地想着，说："不会再见了，你会一直待在监狱里。"

"这样的监狱，对我来说就像胶囊旅馆一样。"

"输得不甘心吧。你为了给彻底失败的自己找点做事的意义，只能罗列一个个胡说八道似的说辞了。"

"你要那么想是你的自由，时间会证明谁是正确的。再见之前，请你保重。"

右龙逃也似的离开了会面室。走出房间，他回头看见纵啮像千金小姐一样坐在椅子上，优雅地笑着挥手。

* * *

"你摧毁了在全世界范围内搞恐怖活动的组织'八核'吧？"

坐在书斋办公桌前的右龙首相这样说时，右龙司法睁开了眼睛。明明打算亲自来汇报的，但母亲已经知道了。有人告诉她了。

"是的，那个，正是如此。"

右龙语无伦次地说着。母亲从吃了一半的蛋糕盘子里拿出叉子，把盘子放在地上。

"辛苦了，把这个吃了吧。"

这是钥匙圈（当然装了车钥匙）之后，第二次从母亲这里得到奖励。还是吃了一半的蛋糕！

右龙跪下，捧起还残留着母亲牙印的蛋糕，陶醉地埋头。他不经意地抬起头，母亲露出嘲笑的表情。但在右龙眼里，那却是慈爱的笑容。

无论人工智能如何进步，人形玩偶都不会成为自己的神。自己的神只有母亲一人。自己一直在向她祈祷，以前是，将来也是。

真的……是这样吗？

纵啮的话一直萦绕在脑海中，挥之不去。

莫非，自己内心深处真的想把母亲牵扯进危险之中吗？是纵啮强化了这一念头，自己才会实施危险的诱饵计划吗？

怎么想也想不明白。右龙感觉自己的脑子仿佛变成了中文房间。

▶ 我（本尊）◀

事件结束后，AI侦探事务所。

幸运的是，我、相以、左虎，还有右龙都平安无事。加上那栋楼地处的商务区，休息日人烟稀少，没有出现平民受害者。

但是以相呢，她成功逃出去了吗？知道她是恐怖的罪犯的同时，我还是不由得想要帮助她。相以确信以相还活着，这是双胞胎之间超越常识的心灵感应吗？为了迎接再会之日，她从现在开始燃起了斗志。

相以从电脑里询问："不去告发右龙，可以吗？"

"那又不是真的背叛组织，只是用我做诱饵罢了，他又把我从'神父'和'柴郡猫'那里救了出来。当然，被当作诱饵真的让人恼火，但他一开始就明确说过，会拿我们当诱饵的。"

"我还是不能理解，但既然辅君原谅他了，那就这样吧。我再问一个问题可以吗？"

"嗯。"

"辅君，你的复制体就先这样放着，真的没关系吗？"

是的，"神父"复制我的记忆制造出的程序，现在存在我的电脑里。

初次见到和相以一起进入笔记本电脑的他，仿佛是看到了自己的克隆体一样，感觉毛骨悚然。但看着他被关在中文房间里沉默的样子时，又觉得很可怜。若是我自己被关进过中文房间，专心挑战游戏，最后却认识到自己不是人类的话，肯定会崩溃吧。我不觉得是别人的事情（其实，是自己的分身）。所以，我带他回来了。

"没事哦。因为两个'我'这样的设定，也是推理小说迷的一种浪漫情怀呢。就像埃勒里·奎因一样，两人一边对话一边思考，说不定会写出很厉害的推理小说。"

现在，他还蜗居于中文房间内，对我的招呼不理不睬。但过段时间，感觉寂寞的时候，他应该会出来的。我为什么知道？因为他大概和我有同样的思维方式吧。

不过严格地说，不是思维方式一样，他只不过是从在相以那里复制过去的'我的记忆'中，对高频语句和性格倾向进行了分析而已。他输出的发言和我一模一样，相以也被骗到限制时间快结束时才发觉真相。站在中文房间之外看的话，他几乎就是另一个我。

说到输出，我的内心萌生了一个想法。

与相以相遇时，我总是积极地推测她的内心活动，"刚刚的玩笑是她自己想到的吗""没有人类的心吗"，这样的问题我屡次想到。但是，当她评价武君野谷的红叶"美丽"时，我忽然想到，相以是不是真的能感觉到红叶之美，这都无所谓，这句"美丽"的发言本身才是最重要的不是吗？

希尔勒批判人工智能即便能进行类似人类交流的对话，也不过是按操作手册运行的，这其间不存在所谓人心。然而说到底，人类的心也和中文房间一样无法窥探不是吗？我们能感知的只是"输出"的言行，只能对此做出回应。

逃离指挥所时选择相信右龙，不是因为了解他的真实想法，而是他展示出来的言行说服了我。

不要再想着看不透的内心了，珍惜看得见的言行吧。这样无论面对的是人工智能，还是人类，都能更好地相处了吧。

现在，我能看到的是相以的温柔表情。

"辅先生领回他来，我感觉很安心。因为游戏结束时，我真的很担心他。"

就在这时,远处的座机响了。我走过去拿起了听筒。

"是的,这里是 AI 侦探事务所。是,是……是,明白了!"

放下听筒,我朝着电脑的方向叫道:

"相以,有工作了。委托人就要过来了哦!"

"TANTEI AI NO REAL · DEEP LEARNING" by Yabusaka Hayasaka
Copyright ©Yabusaka Hayasaka 2018
All Rights Reserved.
Original Japanese edition published by Shinchosha Publishing Co., Ltd.
This Simplified Chinese Language Edition is published by arrangement with Shinchosha Publishing Co., Ltd. through East West Culture & Media Co., Ltd., Tokyo
Simplified Chinese edition copyright: 2020 New Star Press Co., Ltd.
All rights reserved.

著作版权合同登记号：01-2020-5443

图书在版编目（CIP）数据

侦探 AI/（日）早坂吝著；东惠子译. —— 北京：新星出版社，2020.9（2023.12 重印）
ISBN 978-7-5133-4098-4

Ⅰ.①侦… Ⅱ.①早… ②东… Ⅲ.①长篇小说-日本-现代 Ⅳ.① I313.45

中国版本图书馆 CIP 数据核字（2020）第 159598 号

侦探 AI

［日］早坂吝 著；东惠子 译

责任编辑： 王　萌
责任校对： 刘　义
责任印制： 李珊珊
装帧设计： Caramel

出版发行： 新星出版社
出 版 人： 马汝军
社　　址： 北京市西城区车公庄大街丙3号楼　　100044
网　　址： www.newstarpress.com
电　　话： 010-88310888
传　　真： 010-65270449

读者服务： 010-88310811　　service@newstarpress.com
邮购地址： 北京市西城区车公庄大街丙3号楼　　100044

印　　刷： 北京美图印务有限公司
开　　本： 910mm×1230mm　　1/32
印　　张： 7.785
字　　数： 119千字
版　　次： 2020年9月第一版　　2023年12月第十次印刷
书　　号： ISBN 978-7-5133-4098-4
定　　价： 45.00元

版权专有，侵权必究。　如有质量问题，请与印刷厂联系调换。